Tangshan Tigers

Dan Lee

Tangshan Tigers

Der dunkle Rivale

Aus dem Englischen von Julia Walther

KOSMOS

Mit besonderem Dank an Brandon Robshaw

Dan Lee lebt in Asien und England. Er ist Wing-Tsun-Meister
und trainiert Kickboxen sowie Jiu-Jitsu.

Umschlaggestaltung von Atelier Reichert, Stuttgart,
unter Verwendung einer Illustration von Jerry Paris.
Illustrationen von Jerry Paris
Aus dem Englischen übersetzt von Julia Walther

Titel der englischen Originalausgabe:
Dan Lee: Tangshan Tigers – The Silent Enemy

First published by Puffin Books, London 2008
Weitere Bände in dieser Reihe siehe S. 158

1. Auflage

ISBN 978-3-440-11918-1
Redaktion: Katharina Jacobi
Gestaltung und Satz: DOPPELPUNKT, Stuttgart
Produktion: DOPPELPUNKT, Stuttgart
Printed in the Czech Republic/Imprimé en République tchèque

Inhalt

Kapitel 1	Angriff und Verteidigung	7
Kapitel 2	Probekämpfe	33
Kapitel 3	Sensei auf der Spur	55
Kapitel 4	Die schwarze Maschine	72
Kapitel 5	Das Versteck	88
Kapitel 6	Dunkle Gestalten	110
Kapitel 7	Der Kampf im Boot	126
Kapitel 8	Nachspiel	146

Kapitel 1

Angriff und Verteidigung

Matt blickte durchs Flugzeugfenster hinaus auf die riesigen Wolkenkratzer Pekings, die im Sonnenlicht funkelten. Im nächsten Moment legte sich das Flugzeug in die Kurve, und das Bild veränderte sich komplett. Matt hielt unwillkürlich die Luft an und war erleichtert, als die Räder des Jets schließlich polternd auf der Landebahn aufsetzten. Das Flugzeug sauste noch ein Stück weiter, bevor es nach und nach langsamer wurde.

Eigentlich flog Matt für sein Leben gern – aber dieser Flug war irgendwie anstrengend und spannungsgeladen gewesen. Matt warf einen verstohlenen Blick zu Andrei Drago, der alleine in einer Zweierreihe saß. Drago schien seinen Blick zu spüren, denn in dem Moment sah er auf und grinste Matt spöttisch an. Dann drehte er sich wieder gleichgültig weg.

Ben stupste Matt mit dem Ellenbogen an. »Dieser Typ ist echt so was von unheimlich!«, flüsterte er.

Ebenso wie Matt gehörte Ben Hung zu den *Tangshan Tigers,* einer Geheimbande, die Matt zusammen mit seinen Freunden Olivier Girard und Catarina Ribeiro gegründet hatte. Inzwischen hatten sie schon mehrere Kriminalfälle aufgedeckt – zuletzt in Kyoto.

Dort hatten sie auch Andrei kennengelernt: Er war vor Kurzem aus seinem Kampfsportteam geflogen, aber nun würde er mit dem Wechsel an die Pekinger Akademie eine neue Chance erhalten: die Chance, in einem der besten Kampfsportteams aufgenommen zu werden. Die Tangshan Tiger waren darüber völlig entsetzt. Sie hatten wahrhaftig ihre Gründe, ihm zu misstrauen! Die anderen Schüler an der Akademie wussten allerdings nichts von den Ereignissen in Kyoto und dem letzten Fall der Tangshan Tiger. Sie ahnten ja nicht einmal, dass es die Tangshan Tiger überhaupt gab!

Matt blickte wieder zu Andrei hinüber.

»Ich begreife sowieso nicht, warum der überhaupt hier ist«, murmelte er missmutig.

Ben nickte zustimmend. »Ja, das frage mich auch schon die ganze Zeit. Der Typ ist wirklich gefährlich!«

»Genau! Er hat in Kyoto Mist gebaut und hätte doch wohl eine fette Strafe verdient«, regte sich Matt auf. »Und nun darf er zur Belohnung auch noch auf die Internationale Akademie Peking wechseln … und wenn er Glück hat, schafft er es sogar in unser Team!«

»Ja, ich kapier auch nicht, wie Chang das zulassen konnte!«, mischte sich Catarina ein. Die schlanke Brasilianerin saß in der Reihe vor ihnen und drehte sich nun um.

»Ich schätze mal, Chang wird gute Gründe dafür haben«, meinte Olivier. »Jedenfalls war das bis jetzt doch meistens der Fall.«

»Ja, ja«, unterbrach ihn Matt ungeduldig. »Trotzdem kann ich einfach nicht verstehen, warum wir uns jetzt jeden Tag mit so jemandem wie Andrei rumschlagen müssen.«

Da ertönte aus den Lautsprechern in der Kabine ein leiser, melodischer Gong, über ihren Sitzen erloschen die Anschnallzeichen, und auf einmal entstand ein großes Gewusel, weil alle gleichzeitig aufstanden und sich in den Gang quetschten.

»Bitte hier entlang!«, rief Mr Figgis, ihr Geschichtslehrer, der die Truppe auf ihrer Reise nach Kyoto begleitet hatte. »Bildet zwei Reihen! In zwei Reihen aufstellen, bitte!«

Die Tangshan Tiger sammelten ihr Handgepäck ein und

wollten sich in die Schlange ihrer Mitschüler einordnen. Aber plötzlich drängelte sich Andrei so rücksichtslos an ihnen vorbei, dass Catarina und Olivier zurück auf ihre Sitze gestoßen wurden.

»He! Was soll denn das?«, beschwerte sich Catarina. »Kannst du nicht aufpassen?«

»Wenn du nicht im Weg rumstehst, muss auch keiner an dir vorbei«, fuhr Andrei sie an. Er reckte das Kinn in die Höhe und schob unbeirrt die nächsten Schüler zur Seite. Auf diese Weise gelangte er schneller als alle anderen den Gang hinunter und zum Ausgang.

Matt hörte, wie sich die anderen ebenfalls lautstark beschwerten, aber Andrei war das offensichtlich völlig egal.

»Boah, von Höflichkeit hat das Kerlchen auch noch nichts gehört, was?« Olivier sah Andrei verdutzt hinterher.

Catarina war stinksauer und ballte wütend die Hände. »Nee, Höflichkeit ist wohl nicht so sein Ding. Also, dem würde ich echt am liebsten –«

»Vergiss es, Catarina«, beschwichtigte Matt sie. »Der will dich doch bloß provozieren. Bleib ganz cool und geh nicht drauf ein.«

»Das ist ein guter Rat, Matt«, ließ sich da eine ruhige Stimme vernehmen. »Der einfache Fisch schnappt nach dem Köder, doch der weise alte Karpfen ist schlauer.«

Es war Chang Sifu, ihr Trainer.

Matt drehte sich um und sah, dass Chang direkt hinter ihnen stand: eine schlanke, mittelgroße Gestalt mit leicht ergrautem Haar. Chang hatte seine königsblaue Jacke an, die er meistens trug, wenn er nicht seinen Kampfsportanzug anhatte. Seine Miene war wie immer völlig entspannt und gelassen, auch wenn er so etwas wie eine kontrollierte Kraft auszustrahlen schien.

Mit einer knappen Handbewegung bedeutete er ihnen, zum Ausgang weiterzugehen: »Zeit zum Aussteigen. Wir sind die Letzten.«

Oben auf der Metalltreppe blieb Matt kurz stehen: Vor ihm lag die weitläufige Asphaltfläche des Flughafengeländes, und in der Ferne waren die funkelnden Wolkenkratzer Pekings zu sehen. Es war gut, wieder hier zu sein!

Angeführt von Mr Figgis, liefen die anderen eilig voraus und hatten schon fast das Ankunftsgebäude erreicht. Chang Sifu und Matt blieben etwas zurück, und so hatte Matt endlich Gelegenheit, mit seinem Trainer zu sprechen.

»Meister Chang?«, begann er höflich, während sie langsam über den Platz gingen. »Es gibt da etwas, was wir nicht so ganz verstehen …«

»Um was geht es denn?« Chang sah die Tangshan Tiger freundlich an. »Ihr dürft mich ruhig alles fragen, was ihr wissen wollt.«

»Nun ja, also, es ist wegen Andrei Drago – Wie kommt es, dass er … dass er …?« Matt geriet ins Stottern und wurde knallrot vor Verlegenheit.

»Wir verstehen nicht, wieso er auf unsere Schule wechselt«, mischte sich da Catarina ein, die nie lange um den heißen Brei herumredete. »Der Typ ist doch völlig verrückt!«

»Ja, ehrlich gesagt denken wir sogar, dass der echt gefährlich ist«, ergänzte Ben.

»Ihr macht euch zu viele Sorgen.« Chang neigte den Kopf zur Seite. »Außerdem … bis jetzt habt ihr doch immer ganz gut gewusst, was zu tun ist – auch wenn die Lage wirklich bedrohlich wird …« Er beendete den Satz nicht, sah sie jedoch mit einem seltsamen Gesichtsausdruck an.

»Ja, schon, aber –« Matt zögerte, denn er war sich nicht so ganz sicher, wie er fortfahren sollte. Er war überzeugt, dass hinter dieser ganzen Sache mehr steckte, als sein Lehrer im

Moment verraten wollte. Aber das konnte er ihm ja schlecht auf den Kopf zusagen!

Da kam ihm der redegewandte Olivier zu Hilfe: »Meister Chang, wir wissen, dass es einen guten Grund dafür geben muss, dass Sie einen Schüler wie Andrei nach Peking kommen lassen. Oder dass sie ihn zumindest nicht davon abhalten, es hier zu versuchen. Aber wir kapieren nicht, was Sie dazu veranlasst haben könnte.«

»Das alles hat überhaupt nichts mit meinem Einfluss auf irgendwelche Dinge zu tun«, antwortete Chang. »Hier geht es darum, eine weise Entscheidung zu treffen.«

»Aber warum ist es weise, ihn an unserer Schule aufzunehmen?« Catarina ließ nicht locker. »Das begreife ich einfach nicht.«

Chang betrachtete die Tangshan Tiger lange schweigend und mit ernster Miene. Schließlich sagte er: »Manchmal ist es besser, den Feind mit offenen Armen aufzunehmen und ihn sich zum Freund zu machen.«

Matt hatte ausgesprochen großen Respekt vor Chang Sifu, doch nun platzte er verwundert heraus: »Aber Andrei hat in Kyoto doch schreckliche Dinge getan!«

Chang Sifu zog leicht die Augenbrauen hoch und nickte.

»Das ist wahr. Aber wenn Leute schlimme Dinge tun, gibt es auch dafür oft Gründe – Gründe, von denen die anderen bloß nichts wissen. Wir haben alle eine zweite Chance im Leben verdient. Auch du hattest deine Chance, Matt. Erinnerst du dich, wie dein Trainer in London zu dir gesagt hat, dass das Niveau an der Akademie Peking für dich möglicherweise zu hoch ist?«

Matt zuckte überrascht zusammen. Er war wirklich sehr nervös gewesen, bevor er das erste Mal hierhergekommen war. Woher wusste Chang Sifu das?

»Siehst du!« Chang nickte wissend und fuhr fort: »Trotzdem habe ich dir damals die Gelegenheit gegeben, es zu versuchen, und du hast dein Können bewiesen. Andrei braucht nun auch eine Chance, sich zu beweisen. Die sollten wir ihm nicht verweigern.«

Changs Blick wanderte an den Tangshan Tigern vorbei zum Rest des Teams. »Die anderen warten auf uns«, drängte er sanft. »Wir sollten uns beeilen.«

Sie holten die restlichen Schüler in der Ankunftshalle ein, wo ihr Gepäck bereits auf dem Ausgabeband im Kreis fuhr. Matt konnte nicht anders, als Andrei genau zu beobachten: Er hätte zu gern gewusst, was der neue Mitschüler über die ganze seltsame Situation dachte. Andrei bemerkte Matts Blick und starrte verächtlich zurück. Dann deutete er mit dem Daumen nach unten, während seine Lippen das Wort »Verlierer« formten. Mit dem für ihn so typischen spöttischen Grinsen nahm er seine Tasche vom Band und drehte sich um.

Matt atmete tief durch und zwang sich, seinen eigenen Ratschlag zu befolgen: bloß nicht provozieren lassen! Aber leicht war das nicht …

»Chang wird schon wissen, was er tut«, sagte er wenig später leise zu den anderen Tangshan Tigern. »Wir müssen ihm einfach vertrauen.«

Sie stiegen gerade in den luxuriösen klimatisierten Doppeldecker-Bus ein, der sie zur Internationalen Akademie Peking zurückbringen würde.

»Chang zu vertrauen ist eine Sache«, ließ sich Catarina mit gereizter Stimme vernehmen. »Aber Andrei traue ich absolut nicht über den Weg.«

»Ja, wir werden ihn ihm Auge behalten«, stimmte Olivier ihr zu.

In dem Moment schlossen sich die Bustüren mit einem leisen Zischen, und die vier machten sich eilig auf die Suche nach freien Sitzplätzen.

Am nächsten Morgen vor dem Frühstück versammelte sich das Kampfsportteam zum Training im *Kwoon* – einer weitläufigen Halle mit einer dicken Matte auf dem Fußboden, hohen Fenstern und einer angenehmen weißen Beleuchtung entlang der Wände und Decke. Eine Wand war mit scharlachroten Drachen bemalt. Alle elf waren schon da, obwohl es noch recht früh war.

Matt musste unwillkürlich grinsen. Es gab eben doch kein besseres Mittel als einen Turniersieg, um Sportler fürs Training zu begeistern!

Während sie noch auf Chang warteten, tauchte auf einmal der Schulleiter Mr Wu auf. Überrascht stellte Matt fest, dass Andrei Drago bei ihm war.

»Gut gemacht! Gut gemacht!«, lobte der Rektor das Team, nachdem er alle kurz begrüßt hatte. Wie immer trug er einen dunklen Anzug und eine Krawatte.

Matt fragte sich manchmal, ob Mr Wu womöglich in dieser Montur schlief.

»Ein wahrhaft ruhmreicher Sieg«, fuhr Mr Wu enthusiastisch fort. »Diesen Kerlen in Kyoto haben wir's aber gezeigt! Und gerade noch rechtzeitig, um es im Schulprospekt fürs nächste Jahr erwähnen zu können. Ausgezeichnetes Timing!

Und hier«, er drehte sich zu Andrei um, »ist unser neuer Schüler, Andrei Drago – aber ihr habt ihn ja schon kennengelernt. Ich bin mir sicher, dass ihr ihn herzlich willkommen heißen werdet! So, und nun muss ich schnell weiter. Viel zu tun …«, und mit diesen etwas hastig hervorgebrachten Worten verschwand er auch schon wieder nach draußen.

»Was machst du eigentlich hier?«, fragte Catarina und wandte sich mit verwirrter Miene zu Andrei um. »Ich meine, du bist doch noch gar nicht im Team, oder so?«

»Nein, natürlich nicht«, antwortete Andrei. »Ich bin gekommen, weil ich mich gerne dafür qualifizieren würde.«

Matt sah seinen neuen Mitschüler erstaunt an. Andrei wirkte heute anders: irgendwie bescheidener. Das war wirklich ein krasser Gegensatz zu seinem bisherigen aufgeblasenen Verhalten!

Punkt acht Uhr öffnete Chang Sifu die Tür zum Kwoon und ging direkt auf Andrei zu.

»Sifu, bleibt es dabei: Dürfte ich vielleicht versuchen, mit in die Mannschaft aufgenommen zu werden?«, fragte Andrei höflich.

»Wow«, flüsterte Catarina Matt zu. »Vor Chang scheint er ja ordentlich Respekt zu haben, was?«

»Hm«, machte Matt und sah hinüber zu Chang Sifu, der den neuen Schüler nachdenklich betrachtete.

»Andrei, bist du bereit, hart zu arbeiten?«, fragte Sifu leise.

»Oh ja, Meister Chang, das bin ich! Ich werde so hart arbeiten, wie Sie es von mir verlangen –«

»Nun, das klingt doch vielversprechend!« Chang wandte sich an das versammelte Team. »Also, seid ihr bereit, ihn willkommen zu heißen?«

Niemand antwortete.

Kein Wunder!, dachte Matt. Andrei hatte sich ja schon im Flugzeug bei allen unbeliebt gemacht. Trotzdem: Jetzt war er nun mal ein Schüler der Akademie, also hatte er dasselbe Recht auf eine faire Behandlung wie alle anderen …

»Klar, warum nicht?«, hörte Matt sich selber auch schon sagen. Aus dem Augenwinkel sah er, wie Catarina die Kinnlade herunterfiel.

Chang nickte. »In Ordnung. Andrei, du kannst heute mit uns trainieren. Für den Fall – und wirklich nur für den Fall – dass mich beeindruckt, was ich sehe, werde ich wie besprochen in Erwägung ziehen, die Team-Aufstellung zu ändern. Das hängt aber selbstverständlich vollkommen davon ab, was du kannst.«

Andrei legte die Hände vor der Brust zusammen, als würde er beten – eine Geste des Respekts –, und verbeugte sich: »Vielen Dank, Sir«, sagte er. »Ich werde mein Bestes geben.«

Verwundert, aber auch mit etwas schlechtem Gewissen sah Matt zu Andrei hinüber. Wer weiß: Möglicherweise war dieses ganze nervige Gehabe von gestern doch bloß harmlose Angeberei und Unsicherheit gewesen?

»Chang Sifu will ihm wirklich eine Chance geben«, flüsterte Matt seinen Freunden zu. »Vielleicht sollten wir es genauso handhaben.«

Catarina hob skeptisch die Augenbrauen, erwiderte jedoch nichts.

»Fangt mit einfachen Dehnübungen an, um die Muskeln zu lockern«, forderte Meister Chang sie nun auf. »Beginnt mit dem Dehnen der Oberschenkel. Ihr bildet dazu am besten Zweiergruppen.«

Matt gesellte sich zu Catarina, die ihn natürlich prompt auf Andrei ansprach.

»Du willst ihn doch nicht wirklich in der Mannschaft haben, oder?«, fragte sie, während sie beide ihre Dehnübungen machten.

»Nein, natürlich nicht«, gab Matt zu. »Aber lass uns erst

mal abwarten, ob er überhaupt aufgenommen wird. Fürs Kyoto-Team war er schließlich auch nicht gut genug –«

»Bildet bitte zwei Reihen«, ertönte da Meister Changs Stimme. »Heute werden wir eine neue und sehr wichtige Technik lernen. Dazu müsst ihr euch gut konzentrieren.«

»Können wir nicht erst mal verschnaufen?«, beschwerte sich Carl Warrick. »Nach dem Turnier in Kyoto haben wir es uns doch wohl verdient, es ein bisschen locker angehen zu lassen?!«

Carl war für seine große Klappe und sein eingebildetes Gehabe bekannt. Nach einem Sieg war sein Ego immer besonders aufgeblasen, sodass seine lautstarken Kommentare niemanden mehr wirklich überraschten.

»Wer asiatischen Kampfsport betreibt, sollte die Dinge nie locker angehen«, erwiderte Chang Sifu mit unbeweglicher Miene.

»Schon klar, aber immerhin habe ich kürzlich gewonnen, und deshalb –«

»– deshalb sollte ich umgehend zum Kaiser der ganzen Welt erklärt werden!« Olivier ahmte Carls arroganten Tonfall wie immer perfekt nach. »Kaiser Carl der Erste, das bin ich!«

Seine kleine Einlage erntete beifälliges Gelächter. Auch die anderen mochten Carl nicht besonders – Oliviers Imitationen dafür umso mehr. Der Einzige, der nicht darüber lachen konnte, war natürlich Carl selbst. Aus schmalen Augenschlitzen funkelte er Olivier an, der ganz freundlich zurücklächelte.

Doch jetzt hob Chang die Hand, und das Gelächter verstummte.

»Heute werden wir üben, unser inneres Gleichgewicht zu finden und zu halten«, fuhr er fort. »Ihr werdet lernen, eure eigene Längsachse, aber auch die eures Gegners zu beherrschen.« An dieser Stelle machte Chang eine Pause, damit seine Schüler Zeit hatten, das Gehörte zu verarbeiten. »Kennt irgendjemand die Zentrallinientheorie – das Konzept der Längsachse?«

Matt zermarterte sich das Hirn. Zentrallinien, Längsachse – was sollte *das* denn sein? Da sah er, wie Ben die Hand hob.

»Ich weiß ein bisschen was darüber«, begann sein Freund langsam. »Mein Großvater hat *Wing Chun* gemacht. Aber viel mehr als die Grundidee weiß ich auch nicht.«

Chang Sifu nickte aufmunternd. »Erzähl uns einfach, an was du dich noch erinnerst.«

Ben ging ein Stückchen nach vorne, sodass ihn alle hören konnten.

»Also, man kann sich das so vorstellen: Durch unseren Körper laufen Geraden, zum Beispiel von oben nach unten – und das ist sozusagen unser innerer Schwerpunkt, eben die Längsachse. Na ja, und außerdem verbindet uns so eine Gerade auch mit unserem Gegner. Versteht ihr? Diese Zentrallinie verläuft also auch direkt vor unserem Körper. Und darauf muss man sich konzentrieren. Man richtet sozusagen den ganzen Körper, alle Kräfte danach aus. Deshalb muss man auch einen guten Gleichgewichtssinn haben und vor allem einen festen Stand. Unten muss die Basis stimmen, und dann sollte man sich auf die Längsachse, also diese Gerade, konzentrieren. Wenn man zum Beispiel kurze und gerade Bewegungen entlang einer Achse ausführt, dann ist man theoretisch immer schneller als der Gegner: Denn eine gerade Strecke ist nun mal die kürzeste Entfernung zwischen zwei Punkten.«

Während Ben redete, ging Chang Sifu langsam hinter ihm auf und ab und hörte aufmerksam zu.

»Das ist korrekt«, sagte er schließlich. »Gleichgewicht ist hierbei ein wichtiges Schlüsselwort. In der Praxis bedeutet das für euch, dass –«

»Moment mal«, protestierte Carl. »Das ist nicht fair – da

sind ja die im Vorteil, die Kung-Fu machen. Aber ich bin Karatekämpfer, und da passt das nicht zu meinem Stil –«

»Es ist keine Frage des Stils«, erklärte Chang geduldig, und wieder einmal bewunderte Matt die ruhige Art, mit der ihr Trainer Carl in seine Schranken verwies. Niemals gelang es Carl, seinen Trainer zu provozieren. »Hier geht es nur darum herauszufinden, wie auch der eigene Kampfstil verbessert werden kann«, erklärte Chang nun. »Denn du wirst feststellen, dass diese Technik auf alle Kampfstile angewandt werden kann und sie noch effektiver macht. Außerdem wirst du merken, dass dieses Prinzip nicht nur beim Wettkampf, sondern auch in Kampfsituationen im echten Leben funktioniert. Bei einer Prügelei hat man damit so gut wie gewonnen.«

Matt blinzelte verdattert. Er hatte Chang noch nie zuvor von echten Kämpfen sprechen hören. Zwar hatte er seinen Lehrer bereits in einer ziemlich brenzligen Situation in Aktion erlebt und wusste daher, dass Chang ein ganz unglaublicher Kämpfer war. Aber im Kwoon hatte er die verschiedenen asiatischen Kampfsport-Arten noch nie mit Prügeleien in Zusammenhang gebracht. Befolgte er damit einen besonderen Zweck? Matt sah fragend zu den anderen Tigern hinüber. Aber die wirkten genauso verblüfft.

»Stellt euch folgendermaßen hin«, wies Chang sie nun an. Er selbst stand leicht breitbeinig und platzierte dabei den einen Fuß etwa eine Schulterbreite vor dem anderen. Seine Knie waren einwenig gebeugt. »Seht ihr? Mein Gewicht ruht fast vollständig auf dem hinteren Bein. Achtet bitte außerdem darauf, dass Füße, Knie, Hüften und Schultern alle in die gleiche Richtung zeigen: nach vorne. Alles ist auf den schmalen Bereich vor mir ausgerichtet.«

Die Schüler nahmen zögernd die gleiche Haltung ein, während Chang von einem zum anderen ging und hier ein Knie, dort einen Ellenbogen korrigierte. Matt kam sich in dieser Stellung etwas komisch vor: irgendwie verletzlich. Als Taekwondo-Kämpfer war er es eigentlich gewöhnt, sich seitlich zu seinem Gegner zu stellen und damit die empfindlicheren Körperregionen zu schützen. In dieser Haltung fühlte er sich völlig ausgeliefert.

»Der Bereich der Längsachse ist ein schmales Feld unmittelbar vor euch. Stellt euch einen Gegner direkt gegenüber vor. Die Längsachse verläuft wie eine Gerade durch seinen Körper hindurch, und genau dort müsst ihr angreifen. Man kann sich das auch so vorstellen: Wenn ihr in eurer Mitte seid, wenn ihr also euren inneren Schwerpunkt gefunden habt, dann fließt euer *Chi* – eure Energie – ungehindert durch euren Körper: ausgehend vom hinteren Fuß, der euer Gewicht trägt. Ihr werdet den Schlag mit großer Kraft ausführen, denn euer ganzes Chi wird sich auf das Ziel bündeln. Leitet ihr diese Kraft richtig, dann schlagt ihr vermutlich fester zu, als ihr es je für möglich gehalten hättet.

Solltet ihr von mehreren feindlichen Gegnern angegriffen werden, müssen diese schnell ausgeschaltet werden. *Bevor* sie Gelegenheit haben, sich auf eine Strategie festzulegen. Geht ihnen entgegen, haltet sie auf, greift an, in schnellen, kurzen Bewegungen: *zack, zack, zack!* Bringt eure Gegner aus dem Gleichgewicht – und der Kampf ist zu euren Gunsten entschieden!«

Mehrere Gegner? Inzwischen blickten fast alle Team-Mitglieder ziemlich verunsichert drein.

Normalerweise würde Matt nie etwas infrage stellen, was sein Trainer ihnen im Training beibrachte. Aber es kam ihm doch zu seltsam vor, Chang auf diese Weise über Gegner sprechen zu hören.

»Meister Chang«, fragte er vorsichtig. »Warum ändern wir unsere Trainingsweise?«

Chang sah einen Moment an Matt vorbei, zu einem der

Fenster. Matt folgte dem Blick seines Lehrers. Über die Schulter hinweg konnte er die Dächer von Peking erkennen, die sich jenseits der Akademie erstreckten.

»Euer Leben spielt sich nicht nur innerhalb dieser Mauern ab, Matt. Dasselbe gilt für euer Training«, erklärte Chang schließlich.

»Was meint er damit?«, flüsterte Catarina.

»Was ich damit meine?« Chang drehte sich zu Catarina um. »Ich wünsche mir, dass ihr alle in der Lage seid, euch zu verteidigen. Egal was das Leben mit euch vorhat. Ich werde nicht immer an eurer Seite sein.«

»Warum? Sie wechseln doch nicht auf eine andere Stelle, oder?«, wollte Carl Warrick wissen. »Das wäre total unfair!«

Typisch Carl, dachte Matt. Wie immer dachte er nur an sich selbst. Doch ihm selbst wurde ganz eng um die Brust bei dem Gedanken, dass Chang Sifu sie verlassen könnte.

Chang schien zu ahnen, was in Matt vorging, und sah ihn einen Moment lang schweigend an. Dann schüttelte er jedoch den Kopf und sagte nur: »Ich werde euch niemals freiwillig im Stich lassen.«

»Gut«, meinte Carl zufrieden. »Mein Vater zahlt nämlich 'ne Menge Geld dafür, dass ich von Ihnen trainiert werde.«

Ungläubig starrte Matt seinen Mitschüler an. Carl war einfach unbegreiflich!

Chang jedoch ignorierte Carls letzten Kommentar und setzte stattdessen das Training fort.

»Nun wollen wir üben, diese Technik zu beherrschen«, sagte er und und sah nacheinander Andrei und die Team-Mitglieder an. »Sechs von euch gehen bitte hinüber ans Ende der Halle.«

Zusammen mit fünf anderen lief Matt auf die gegenüberliegende Seite der Halle. Er bemerkte, dass die weiße Matte mit blassen gelben Kreidestrichen markiert war: ähnlich wie die Bahnen im Stadion, wobei jede dieser Bahnen gerade mal fünfzig Zentimeter breit war.

»Stellt euch in einer Reihe auf«, ließ sich Changs Stimme wieder vernehmen. »Mit dem Gesicht zu eurem Gegner am anderen Ende der Bahn.«

Matt blickte den vorgezeichneten Gang hinunter. Ihm gegenüber befand sich Olivier, in ungefähr fünfundzwanzig Metern Entfernung. »Ihr müsst angreifen und abwehren – euch mit eurem Gegner auseinandersetzen und versuchen, ihn zurückzudrängen. Dabei dürft ihr euren Kampfstil selbst wählen, aber ihr müsst euch stets auf das schmale Feld vor euch, auf die Längsachse, konzentrieren. Alle Angriffe müssen innerhalb dieses Bereichs vor euch stattfinden. Ihr bleibt fest in eurer Spur. Wem das nicht gelingt, der muss zur Strafe dreißig Runden um die Halle drehen!«

Er klatschte in die Hände. »Ihr könnt beginnen!«

Aus den Augenwinkeln konnte Matt erkennen, wie sich die anderen in den Bahnen rechts und links von ihm in Bewegung setzten, und legte ebenfalls los. Seine Aufmerksamkeit war vor allem auf Oliviers nahende Gestalt konzentriert. Es kam Matt seltsam vor, auf diese Weise anzugreifen, bei der sein ganzer Körper auf Olivier ausgerichtet war. Ständig musste er der Versuchung widerstehen, sich doch noch zu Seite zu drehen.

Schließlich trafen sie aufeinander. Matt parierte einen Tritt von Olivier und revanchierte sich mit einem Handkantenschlag, der aber ebenfalls abgeblockt wurde. Olivier und er kannten den Stil des jeweils anderen in- und auswendig und waren sich mehr als ebenbürtig. Eine Weile konnte keiner von beiden einen Vorteil erlangen.

Matt fühlte sich eingeengt, da er sich nicht außerhalb seiner Bahn bewegen durfte und dadurch seine Art des Angriffs nicht variieren konnte. Auf einmal sah er, dass Olivier seine linke Körperseite nicht gedeckt hatte. Matt holte zu einem hohen, bogenförmigen Kick aus und zielte auf Oliviers Rippen. Olivier reagierte jedoch rechtzeitig und blockte Matts Fuß hart ab. Der Aufprall ließ ihn zwar einige Schritte zurücktaumeln, doch auch Matt geriet dabei aus dem Gleichgewicht.

»Matt!«, ertönte prompt Changs Stimme. »Du bist von der Längsachse abgewichen. Dein Fuß war außerhalb der Bahn.«

»Aber –«

»Dreißig Runden!«

»Das ist echt Pech!«, flüsterte Olivier.

Matt nickte, aber da bekam Olivier auch schon einen anderen Trainingspartner zugewiesen, und Matt trabte brav los. Es schien ihm eine ziemlich harte Strafe zu sein. Schließlich war er nicht wirklich aus der Bahn getreten: Er hatte lediglich seinem Fuß erlaubt, einen weiteren Bogen durch die Luft zu beschreiben. Aber er würde sich nicht beschweren.

Matt war nicht der Einzige, der Probleme mit dieser Trainingsvariante hatte. Bald bekam er Gesellschaft auf seinen Runden rund ums Kwoon: zuerst Max, dann auch Olivier, Lola und Abdul. Und schließlich Andrei.

Matt hatte ihn beobachtet, während er selbst seine Runden gelaufen war. Andrei war ehrlich gesagt gar nicht so schlecht!

Er hatte ganz schön lange gegen Ben durchgehalten. Ben jedoch war *wirklich* geschickt: Sein Gewicht ruhte stets auf dem hinteren Bein, und er schien nie in Versuchung zu kommen, sich außerhalb der Kreidelinien zu bewegen. Seine Schläge fielen schnell und hart. Nach kurzer Zeit hatte er auch Catarina und Carl besiegt. Am Ende der Trainingseinheit war er der einzige Schüler, dem keine dreißig Strafrunden aufgebrummt worden waren.

Alle waren völlig erschlagen.

»So, das war's für heute mit Zweikämpfen«, verkündete Meister Chang, und alle atmeten erleichtert auf. Doch da verkündete Chang: »Unsere Stunde ist fast zu Ende. Zum Abschluss macht jeder vierzig Liegestützen. Und los geht's!«

Matt stöhnte und warf den anderen Tigern einen übertrieben verzweifelten Seitenblick zu. Dann begab er sich in Position und begann mit den Liegestützen. Eins … zwei … drei …

Wenig später, nach dem Abendessen, zogen sich die Tangshan Tiger in Ben und Oliviers Zimmer zurück.

»Was ist denn mit Chang los?«, regte sich Catarina auf. »So eine Trainingsstunde hatten wir ja noch nie!«

»Absolut!«, stimmte Olivier ihr zu. »Ist euch aufgefallen, dass er manchmal sogar von ›Feinden‹ statt von ›Gegnern‹ gesprochen hat?! Und von echten Kampfsituationen und Prügeleien? Was sollte das denn?«

»Und warum hat er uns so hart rangenommen?«, ergänzte Catarina empört. »Zweikämpfe, Strafrunden, Liegestützen – ich fühl mich, als hätte ich an einem Football-Spiel teilgenommen, zehn Runden im Boxring durchgestanden und wäre dann noch einen Marathon gelaufen!«

»Er würde das nicht tun, wenn er es nicht für nötig halten würde«, warf Matt ein.

»Ja, aber warum ...?«, überlegte Olivier.

»Könnte es vielleicht mit Andrei Drago zu tun haben?« Ben blickte fragend in die Runde. »Vielleicht rechnet Chang damit, dass Andrei wieder irgendein Ding dreht? Und deswegen will er uns jetzt in Topform bringen, bevor wir wieder in Aktion treten müssen?«

»Könnte schon sein ...«, sagte Matt zögernd.

Er hoffte, dass Ben recht hatte und es wirklich nur um Andrei ging, hatte jedoch seine Zweifel. Immerhin durfte Andrei mittrainieren. Außerdem glaubte Matt nicht, dass er und seine drei Freunde diese Art von Training benötigten, um es mit Andrei aufnehmen zu können. Was auch immer Andrei aushecken mochte, so schlau, und gewieft dieser Typ sein mochte – in einem Kampf konnten sie es allemal mit ihm aufnehmen: auch ohne so zu kämpfen, wie sie es heute gelernt hatten.

Es musste noch etwas anderes dahinterstecken. Eine Gefahr, die Chang vorhersah, aber vor der er sie diesmal aus irgendwelchen Gründen nicht warnen konnte. Chang Sifu hatte gesagt, er würde sie niemals *freiwillig* verlassen. Würde man ihn also dazu zwingen? Auf einmal war sich Matt ganz sicher, dass von irgendwoher Unheil drohte. Und dieses Mal würden sich die Tangshan Tiger dieser Herausforderung möglicherweise alleine stellen müssen.

Kapitel 2
Probekämpfe

Die Sonne schien durch die hohen Fenster der Internationalen Akademie Peking, als Matt und die Tangshan Tiger sich am nächsten Tag zum Morgentraining auf den Weg zum Kwoon machten.

»Meint ihr, wir üben heute wieder die neue Angriffstechnik?«, fragte Catarina.

»Hoffentlich«, antwortete Ben. »Ich fand das echt gut.«

Klar, dachte Matt. Ben war ja auch der Einzige gewesen, der gestern durchgehalten hatte. Trotzdem war auch Matt an diesem Morgen zuversichtlicher. Vielleicht sollte er das alles ja einfach etwas lockerer sehen. Chang ließ sie eben gerade besonders hart trainieren. Aber das musste ja nicht gleich heißen, dass ihnen Gefahr drohte …

Andrei wartete schon vor der Tür zum Kwoon. Er trug seinen Kampfsportanzug und lehnte an der Wand: ein bisschen übertrieben lässig, wie Matt fand. Als er die Tangshan Tiger erblickte, nickte Andrei ihnen kurz zu. Matt erwiderte sein Nicken, obwohl Andrei heute wieder recht herablassend wirkte.

»Hi, du bist noch dabei?«, begrüßte nun auch Catarina den neuen Schüler.

»Da wären wir also wieder«, ertönte in diesem Moment Carls durchdringende Stimme. »Ich bin gespannt, was für einen Unsinn Chang sich heute ausgedacht hat. Vielleicht will er ja, dass wir beim Kämpfen die Hände auf den Rücken binden oder –«

»Die Taktik von gestern war kein Unfug!«, widersprach Ben verärgert.

»Nun, ich würde niemals erwarten, dass du deinen supertollen, unfehlbaren Meister kritisierst«, meinte Carl spöttisch. »Na ja, wenigstens hat er uns zur Abwechslung mal anständig was abverlangt und uns ins Schwitzen gebracht.«

Es war fast acht Uhr, als auch die anderen angerannt kamen: Meister Chang erwartete von seinen Leuten Pünktlichkeit und war selbst oftmals schon vor den Schülern da, um alleine zu meditieren und zu trainieren. Heute jedoch wanderten die Zeiger der Uhr immer weiter, und nichts geschah.

Seltsam!, dachte Matt und spähte verwundert durch die Glasscheibe in der Tür.

»Ich kann ihn nirgends sehen«, murmelte er ratlos.

»Meinst du, es ist alles in Ordnung mit ihm?«, fragte Lola besorgt.

»Bestimmt«, meinte Catarina optimistisch. »Vielleicht musste er ja kurzfristig zu einer Besprechung mit Mr Wu.«

»Oder er ist einfach nur fertig, nach dem Training von gestern!« Dieser Seitenhieb kam natürlich von Carl. »Schließlich ist er nicht mehr der Jüngste.«

»Ach ja?«, konterte Ben sofort. »Ich wette, du würdest bei keiner Übung mit ihm mithalten können!«

»Wetten, doch!«

»Achtung, geht mal zur Seite!«, erklang hinter ihnen plötzlich eine laute, tiefe Stimme.

Die Schüler zuckten erschrocken zusammen.

Ein großer, muskulöser Mann mit breiten Schultern stand hinter ihnen. Er hatte das Kinn aggressiv nach vorn gereckt und die Oberlippe spöttisch gekräuselt. Seine Haare waren komplett abrasiert, und er trug einen Karateanzug – einen *Karate-Gi* – mit schwarzem Gürtel. Er drängte sich zwischen den Schülern hindurch, um die Tür aufzuschließen, und marschierte auch schon hinein.

»Auf geht's!« Das Echo seiner dröhnenden Stimme wurde

von der Decke des Kwoons zurückgeworfen. »Los, rein mit euch!« Die Mannschaft eilte ihm mit verdatterten Mienen hinterher. Sie waren kaum in der Halle angekommen, als der Mann sie schon wieder anbellte: »Bildet zwei Linien!«

Die meisten Schüler versuchten, diesem Befehl so schnell wie möglich nachzukommen – bis auf Matt: Er hielt immer noch nach Chang Ausschau und blieb mit seinen Freunden ein wenig hinter den anderen zurück. »Wer ist dieser Typ?«

»Keine Ahnung«, antwortete Olivier. »Vielleicht ein Ersatzlehrer? Was weiß ich?«

»Ersatzlehrer?«, murmelte Catarina. »Ich glaub, ich kapier jetzt gar nichts mehr.«

»Ich auch nicht.« Ben runzelte die Stirn. »Chang hat doch gar nichts gesagt –«

»He!«, brüllte der Mann. »Ihr vier da – ich habe gesagt, ihr sollt euch aufstellen. Und wenn ich eine Anweisung gebe, dann erwarte ich, dass die befolgt wird! Fünfzig Liegestützen – sofort!«

Matt und die anderen drei starrten ungläubig zu ihm hinüber und rührten sich nicht vom Fleck.

»Wird's bald? Wenn ihr nicht bald in die Gänge kommt, mach ich hundert draus!«

Die vier sahen sich an und zuckten ergeben mit den Achseln: Sie schienen keine Wahl zu haben.

»Für wen hält der sich eigentlich?«, stieß Catarina zwischen zusammengebissenen Zähnen hervor. »Eine Art Feldwebel?«

Matts Mundwinkel zuckten, aber er verkniff sich das Lachen. Der *Feldwebel* sah nicht so aus, als würde er mit sich spaßen lassen. Zusammen mit den anderen Tangshan Tigern warf Matt sich auf den Boden und begann mit den Liegestützen. Nach dem gestrigen Training fühlte sich Matt ein wenig steif. Er biss jedoch die Zähne zusammen und drückte sich mit gespannten Muskeln vom Boden ab.

»So!«, wandte sich der Neuankömmling nun ans gesamte Team. »Dann darf ich mich wohl mal vorstellen. Ich bin Sensei Mike Ryan.«

»Cool!«, kam es leise von der anderen Seite, und Matt sah, wie Carl dem bulligen Mann einen bewundernden Blick zuwarf. Scheinbar hatte er schon von diesem Ryan gehört.

»Ihr wollt wahrscheinlich ein bisschen was über mich wissen«, fuhr der jetzt lautstark fort. »Also passt auf!«

Er zückte eine Fernbedienung und drückte auf einen Knopf. Sofort senkte sich ein Flachbildschirm geräuschlos

von der Decke herab. Matt schielte hinauf, während er sich weiter mühsam und mit lang gestrecktem Körper auf- und niederdrückte und mit den Zehen gegen den Boden abstützte.

Auf dem Bildschirm tauchte nun ein Bild von Ryan auf. Er stand mit einer Goldmedaille um den Hals auf einem Podium. »Ich habe den schwarzen Gürtel in Karate, den fünften Dan«, teilte er ihnen mit. »Außerdem war ich dreimal Schwergewichtsweltmeister in Karate.«

Der Film zeigte einen kurzen Ausschnitt aus einem von Ryans Wettkämpfen, in dem er eine phantastische Kombination aus Kicks und Fausthieben demonstrierte und seinem Gegner damit glatt den Boden unter den Füßen wegzog. Die Zuschauer quittierten das mit dröhnendem Applaus.

»Das war mein dritter Sieg in der Schwergewichtsklasse«, erklärte Ryan. »Ich habe außerdem den schwarzen Gürtel zweiten Grades in *Taekwondo* und stand zwei Jahre hintereinander im Finale der amerikanischen Meisterschaften.«

Es folgte eine weitere Aufnahme von Ryan in Aktion, diesmal in einem Taekwondo-Kampf.

Da Matt selbst schwerpunktmäßig Taekwondo machte, erkannte er sofort, dass Ryan ziemlich gut war: Er bewegte sich schnell und geschickt. Matt starrte so gebannt auf den Bildschirm, dass er beinahe seine Liegestützen vergaß. Rasch senkte er sich wieder herab, wobei ein Schweißtropfen von seiner Nasenspitze auf den Hallenboden fiel und seine Armmuskeln vor Anstrengung zitterten.

»Oh Mann, wann ist das bloß endlich vorbei?«, schnaufte Olivier.

Matt konnte seinem Freund nicht mal antworten, so erschöpft war er bereits.

»Ich habe eine Ausbildung in Ringen und *Jiu-Jitsu*«, fuhr Ryan unterdessen selbstgefällig fort. »Und schließlich habe ich das Karate-Team an der Stanford University trainiert.« Ein weiteres Bild zeigte Ryan, der mit vor der Brust verschränkten Armen inmitten einer Gruppe von Studenten stand. »Ich will mich nicht loben: Aber das ist kein schlechter Lebenslauf, würde ich mal sagen.« Er drückte einen anderen Knopf, und der Bildschirm wurde wieder schwarz. »Noch irgendwelche Fragen?«

Carls Hand schoss in die Höhe. »Wie ist das, wenn man dreimal hintereinander Karate-Weltmeister wird?«

»Es ist harte Arbeit. Aber es hat sich gelohnt. Und mit jedem Mal wurde es besser.«

»Treten Sie noch zu Wettkämpfen an?«

»Inzwischen wähle ich mir meine Wettkämpfe sehr sorgfältig aus, aber – ja, ich trete noch an.«

»Und woher nehmen Sie überhaupt die Zeit, so viele verschiedene Kampfsportarten zu lernen?«, erkundigte sich Lola neugierig.

»Unermüdliches Training.«

Matt blickte auf und sah wieder dieses selbstzufriedene Lächeln auf Ryans Gesicht. Irgendwie war ihm dieser Mann nicht besonders sympathisch.

Da meldete sich Andrei Drago zu Wort. »Was ist eigentlich Ihrer Meinung nach die effektivste und wirkungsvollste asiatische Kampfsportart?«, fragte er.

Matt musste zugeben, dass das eine interessante Frage war. Gespannt sah er zu Ryan hinüber.

»Am wirkungsvollsten ist es, verschiedene Stile miteinander zu kombinieren. Gut ist es, Kampfstile in aufrechter Haltung wie Karate oder Taekwondo zu beherrschen. Zwei sind hierbei besser als einer – dann können sich die Gegner nie ganz sicher sein, was sie zu erwarten haben. Wer wirklich gefährlich sein will, benötigt aber auch weitreichende Kenntnisse eines Wurf-Stils, wie Ringen oder Jiu-Jitsu.«

Matt war inzwischen bei Liegestütze sechsundzwanzig angelangt. Seine Muskeln fühlten sich an, als würden sie gleich zerreißen. Trotzdem gelang es ihm, schwer atmend seine Frage zu äußern: »Hat Chang Sifu Sie geschickt, um uns diese Dinge zu erzählen?«

»Nein, hat er nicht«, erwiderte Ryan kurz angebunden. Dann lächelte er auf einmal zufrieden: »Vor euch steht euer neuer Lehrer.«

Matt ließ sich vor Schreck fallen. Wie konnte dieser eingebildete Angeber behaupten, er sei ihr Lehrer? Hatte Chang Sifu sie etwa doch im Stich gelassen?

Ryan musterte ihn finster.

»Mach gefälligst deine Liegestützen fertig!«, bellte er. »Und nun hört mal alle gut zu. Wenn ihr genau das tut, was ich sage, werden wir prima miteinander auskommen. Wenn nicht, gibt es Ärger. Ich werde euch härter rannehmen, als ihr das je erlebt habt. Das habt ihr ehrlich gesagt dringend nötig!«

Einen Moment lang herrschte Stille. Ryan stand mit in die Hüften gestützten Händen da und musterte die Gruppe. Dann schritt er hinüber zu den Tangshan Tigern, die sich mit den letzten Liegestützen abmühten.

»Lächerlich!«, dröhnte Ryan. »Ihr seid nicht in Form. Eine

Schande ist das! Ich kann fünfzig Liegestützen auf einem Arm machen, ohne auch nur ins Schwitzen zu geraten! Jetzt hoch mit euch vieren, stellt euch zu den anderen in die Reihe, los!«

»Entschuldigen Sie, Sir«, hob Matt vorsichtig an. Er wollte einfach unbedingt wissen, was mit Chang passiert war. »Wo ist Chang Sifu denn?«

Ryan starrte Matt einige Sekunden lang wortlos an. Dann sagte er: »Ich rate dir, Chang mal ganz schnell zu vergessen. Seine Zeit hier ist nämlich abgelaufen.«

Die Tangshan Tiger sahen sich fassungslos an, und Matt sah, dass Catarina zornig die Lippen aufeinanderpresste.

»Hört zu«, verkündete Ryan jetzt. »Ihr werdet eure Gegner in Zukunft glatt niederwalzen! Ich werde euch schon in Form bringen – also fangen wir gleich an. Auf der Stelle laufen, zack, zack!«

Sie begannen, auf der Stelle zu joggen, doch Ryan war nicht zufrieden. »Schneller!«, bellte er. »Hoch mit den Knien, immer schön hoch!«

Das Jogging dauerte fünf Minuten. Matt, der von den Liegestützen bereits erschöpft war, hatte das Gefühl, gleich zusammenzuklappen. Auch die anderen ächzten erschöpft.

Matt sah, wie Ben mühsam nach Luft schnappte, Catarina den Kopf hängen ließ und Olivier immer langsamer wurde.

»Und jetzt«, rief Ryan, »runter in die Hocke. Weiter geht's!« Er ließ sich auf die Hände fallen und sprang mit beiden Beinen schnell vor und zurück, immer zwischen den Armen hindurch.

Matts Oberarmmuskeln waren zum Zerreißen gespannt, und er merkte, wie auch alle anderen um ihn herum immer langsamer wurden.

»Schneller!«, brüllte Ryan. »Ihr habt mehr drauf als das!«

Dann ließ er sie noch weitere fünf Minuten Hocksprünge machen. »Und jetzt die Bauchmuskeln!« Ryan wirbelte herum, streckte sich auf dem Boden aus, verschränkte die Finger im Nacken und pumpte so heftig auf und ab, dass sein Kopf jedes Mal gegen die Knie stieß. »So geht das! Fünfzig Stück! Hände hinter den Kopf – wenn jemand schummelt und sich mit den Armen abstützt, dann gibt das fünfzig Liegestützen für die ganze Mannschaft!«

Irgendwie schaffte es Matt, die Bauchmuskelübungen durchzustehen. Doch als er den Oberkörper das letzte Mal absenkte, fing ein Muskel in seiner Bauchdecke plötzlich an, schmerzhaft zu brennen.

Matt ließ sich auf den Boden fallen. Auch seine Teamkameraden lagen inzwischen stöhnend und ächzend da und rangen nach Luft. Matts Bauchmuskeln taten jetzt höllisch weh. Hoffentlich hatte er sich keinen Muskel gezerrt! Vorsichtig streckte er die Arme über den Kopf und verzog schmerzerfüllt das Gesicht. Noch nie hatte ihm eine Trainingsstunde so wenig Spaß gemacht! Für Chang war er bereit, alles zu geben, aber Ryan schien nichts als ein Leuteschinder zu sein. Sein Unterricht fühlte sich an wie eine einzige Strafaktion.

»Gut, gut, nun hört gefälligst mit dieser Schnauferei auf.« Ryan war auch jetzt noch nicht mal richtig ins Schwitzen gekommen. »Ich habe es ja gesagt: Ihr seid nicht Form, alle miteinander. Das ist euer Problem!«

Er ließ den Blick über die atemlosen Schüler schweifen. »Ihr seid zu zwölft«, bemerkte er plötzlich. »Wie kommt das?«

»Andrei Drago ist neu hier, Sensei«, antwortete Carl. Matt merkte deutlich, dass Carl von Sensei Ryan beeindruckt war. »Er ist gerade von einer anderen Schule zu uns gewechselt und Ch… – unser alter Trainer hat gesagt, er darf mit uns trainieren.« Carl wollte scheinbar nicht einmal mehr Changs Namen aussprechen, stellte Matt bitter fest.

Ryan wandte sich an Andrei. »Ich habe von dir gehört.«

»Oh?«, erwiderte Andrei, sah den neuen Trainer unbehaglich an und kaute nervös auf seiner Unterlippe herum. »Sie kennen mich?«

Hm, überlegte Matt. Vielleicht wusste Ryan ja, was in Kyoto geschehen war. Andrei schien sich jedenfalls nicht sehr wohl in seiner Haut zu fühlen.

»Ja«, fuhr Ryan nun fort und lächelte seltsam. »Du bist Andrei Drago und willst unbedingt ins Team aufgenommen werden, stimmt's? So viel kann ich dir schon sagen: In meiner Mannschaft will ich Leute haben, die alles dafür tun, um zu gewinnen! Und mir gefällt dein Stil.«

Wie war denn *das* jetzt bitte gemeint?, dachte Matt entsetzt. Lobte der Trainer Andrei etwa für das, was in Kyoto passiert war? Nein, das war unmöglich …

Andrei schien auf jeden Fall sehr stolz über Ryans Lob zu sein. »Ich bin fest entschlossen, mein Bestes zu geben, Sensei. Ich werde alles tun, was nötig ist, um mich im Team zu bewähren.«

Ryan nickte. »Das ist gut. Heute werden wir uns auf Kraftübungen konzentrieren. Bei diesen Übungen könnt ihr auch gleich zeigen, was ihr draufhabt, denn sie sind zugleich die neuen Ausscheidungskämpfe: Meiner Meinung nach ist es

sinnvoll, in regelmäßigen Abständen Probekämpfe um die Mannschaftszusammensetzung abzuhalten. So bleibt ihr am Ball und kommt nicht in Versuchung, euren Platz im Team als selbstverständlich zu betrachten.«

Ryan marschierte hinüber zum Raum mit der Ausrüstung und riss mit Schwung die Tür auf. »Hier drin sind Schutzpolster für den Oberkörper. Bedient euch – ihr werdet sie brauchen!«

Zusammen mit den anderen folgte ihm Matt und schloss mutlos die Schnalle seines Schutzpolsters. Klar, er hatte gestern schon den Eindruck gehabt, dass mit Chang irgendwas nicht stimmte. Aber warum hatte sich ihr Lehrer denn nicht einmal mehr von ihnen verabschieden können? Warum wurde dieser verrückte Ryan einfach so auf sie losgelassen?

Als könnte er Gedanken lesen, sah Ben ihn an und verzog das Gesicht zu einer Grimasse.

»Wir müssen herausfinden, wohin Chang verschwunden ist!«, zischte Matt.

»Unbedingt! Aber wie?«

Matt zuckte mit den Achseln: »Keine Ahnung.«

»So, und nun bildet bitte Paare und sucht euch einen Platz auf der Matte!«, dröhnte Ryans Stimme wieder durch den

Raum, und schon begann er, das Team in Zweiergruppen einzuteilen. Matt wurde Carl zugeteilt.

»Na, wie fühlt sich das an?«, flüsterte Carl ihm höhnisch zu. »Jetzt bist du zur Abwechslung mal nicht mehr der Liebling des Trainers, hä, hä!«

»Lass mich in Ruhe, und sei einfach mal still!«, zischte Matt zurück.

»Stellt euch mit einer Armlänge Abstand auf!«, forderte Ryan sie auf. »Ihr sollt in dem Stil kämpfen, den ihr am besten beherrscht. Eure Aufgabe hierbei ist, den Gegner so oft und so fest in den Zielbereich des Körpers zu treffen, wie ihr nur könnt. Selbstverständlich könnt ihr die Angriffe eures Gegners abwehren, aber was ich hier sehen will, ist Aggression. Und Kraft. Je fester ihr zuschlagt, umso größer sind eure Chancen, euren Platz im Team zu behalten! Und los geht's!«

Ryan war kaum mit seiner Erklärung fertig, da schlug Carl auch schon ohne Vorwarnung zu und traf Matt an der Brust. Selbst durch das Schutzpolster hindurch spürte Matt die Wucht des Schlags.

Carl grinste. »Ich bin nicht schlecht, was?«

Matt verkniff sich eine bissige Bemerkung und setzte schweigend zu einem Gegenangriff an. Bald war das Kwoon vom Geräusch der Fäuste und Füße erfüllt, die gegen die Schutzpolster klatschten. Chang hatte seinem Team immer wieder eingebläut, wie wichtig es war, sich nicht ablenken zu lassen. Matt jedoch gelang es von Minute zu Minute weniger, sich zu konzentrieren. Changs Verschwinden beschäftigte ihn im Moment mehr als alles andere.

War ihr Lehrer womöglich in Gefahr?

Außerdem spürte Matt, dass er nach den fünfzig extra Liegestützen einfach zu erschöpft war. Anfangs reagierte er noch einigermaßen gut auf Carls Angriffe. Er blockte, griff dann selbst an und landete ein paar seiner speziellen Taekwondo-Kicks. Im Laufe des Kampfs verkrampfte sich der Muskel in seinem Bauch jedoch immer mehr. Der brennende Schmerz setzte wieder ein, und Matt hatte Schwierigkeiten, sich aufrecht zu halten. Und als er den Arm hob, um einen Tritt abzublocken, spürte er auch noch, wie er plötzlich Seitenstechen bekam. Aber er konnte jetzt nicht aufhören! Ryan würde ihn sofort als Schwächling abstempeln!

Doch gegen Carl hatte er heute einfach keine Chance: Carl war fit und gesund. Außerdem platzte er schier vor Ehrgeiz und war fest entschlossen, den neuen Trainer zu beeindrucken. Auf zwei Treffer von Matt kamen drei von Carl. Und er schlug ganz schön hart zu! Carl ging heute erstmals mit voller Wucht auf seinen Gegner los, und Matt musste widerwillig zugeben, dass er beeindruckt war: Carl mochte zwar ein Angeber sein, aber kämpfen konnte er.

»In Ordnung!«, rief Ryan schließlich. »Das reicht!«

Das klatschende Geräusch von Fäusten und Füßen erstarb, und es war nur noch das laute Schnaufen der Schüler hören. Viele standen vornübergebeugt da oder stützten sich mit den Händen auf den Knien ab, während sie versuchten, wieder zu Atem zu kommen.

Ryan betrachtete sie streng. »Stellt euch gefälligst aufrecht hin!«, befahl er unwillig.

Er ging langsam von einem zum anderen und starrte jeden der Schüler mit regloser Miene an …

… obwohl, was war denn das?

Verblüfft sah Matt, wie der Trainer vor Andrei stehen blieb: Beinahe schien es Matt, als würden die beiden einen Blick des Einverständnisses wechseln. War das etwa ein listiges Lächeln auf Andreis Lippen? Offenkundig war er bei dieser Art von Training ganz in seinem Element …

Ryan nickte fast unmerklich, ging dann weiter und blieb nun vor Matt stehen. Seine kalten Augen schienen Matt zu

durchbohren. Er spürte, wie sein rechtes Augenlid zu zucken begann, zwang sich jedoch, den Blick nicht abzuwenden. Er würde nicht klein beigeben, er würde sich hier nicht einschüchtern lassen!

»Matt, ich habe den Eindruck, dass du einige Schwierigkeiten mit dieser Übung hattest«, sagte Ryan schließlich. »Bist du wirklich richtig fit?«

»Aber ja, Sir. Fitter denn je.« Matt straffte unwillkürlich die Schultern und richtete sich ganz gerade auf. Niemals würde er Ryan gegenüber zugeben, dass er seit den Bauchmuskelübungen Schmerzen hatte.

Ryan sah ihn skeptisch an, gab jedoch schließlich ein Grunzen von sich und drehte weiter seine Runde. Dann stellte er sich wieder vor die Gruppe.

»Ich habe meine Entscheidung gefällt«, verkündete er.

Es folgte eine qualvoll lange Pause, in der alle erwartungsvoll zu Ryan blickten.

»Euch fehlt es an Kondition, aber ihr habt trotz allem heute ganz ordentlich trainiert. Das gilt vor allem für dich, Andrei. Du hast dir einen Platz im Team verdient!«

»Yeah!« Andrei machte einen kleinen Luftsprung und hieb mit der Faust durch die Luft.

Ryan warf ihm einen strengen Blick zu. Rasch ließ der Junge die Arme sinken und riss sich wieder zusammen. Trotzdem konnte er es sich nicht verkneifen, siegesgewiss in die Runde zu strahlen.

Ich wusste es!, dachte Matt. Die beiden kennen sich … Ich wette, das ist alles ein abgekartetes Spiel!

»Leider muss nun stattdessen jemand anderes gehen«, fuhr Ryan fort. »Der Schüler, der das Team verlassen wird …« Erneut ließ er den Blick von einem nervösen Gesicht zum nächsten schweifen, bis er schließlich bei Matt angelangt war: »… bist du, Matt.«

Fassungslos starrte Matt in das ernste Gesicht des Trainers. Er hatte das Gefühl, als hätte ihn jemand in den Magen geboxt – und zwar fester, als Carl es mit all seinen Schlägen vermocht hatte. Vor lauter Aufregung konnte er das Blut in seinen Ohren rauschen hören und nahm nur wie durch einen Schleier wahr, wie Catarina neben ihm entsetzt nach Luft schnappte und Ben erschrocken »Nein!« rief. Das war doch sicher ein schlechter Traum? Aber es war kein Traum. Die Art, wie Carl ihm auf die Schulter schlug, fühlte sich viel zu echt an.

»Tja, so ein Pech, Kumpel!« Carl sah ihn übertrieben mitleidig an. »Aber vielleicht kannst du dir ja einen anderen Sport suchen? Im Volleyballteam der Mädchen zum Beispiel!«

»Halt's Maul, Carl!«, zischte Catarina und sah Carl drohend an.

»Na, er wird doch wohl noch ein bisschen Spaß vertragen ...«, spöttelte Carl. Dann wandte er sich ab und ging zu Andrei hinüber, um ihm zu gratulieren. »Super, Mann! Das ist echt klasse!«

Andrei grinste. »Danke, Kumpel!«

»So, für heute ist das Training zu Ende«, rief Sensei Ryan mit lauter Stimme. »Zieht euch um und geht dann in den Unterricht.«

Während sich die Mannschaft in die Umkleiden drängte, redeten alle aufgeregt über die Ereignisse der letzten Stunde. Andrei und Carl hingen die ganze Zeit zusammen, und Andrei lachte gerade lauthals über irgendeine Bemerkung von Carl. Matt hingegen rannte direkt nach draußen in den Flur. Er wollte mit niemandem reden und erst recht nicht von Leuten umgeben sein, die er nicht mehr seine Teamkameraden nennen konnte.

Vor einem der großen Panoramafenster blieb er stehen. Matt blickte auf das geschäftige Treiben in den Straßen Pekings herab und fragte sich, ob Chang wohl irgendwo dort draußen war.

In dem Moment kamen die Tangshan Tiger angerannt und scharten sich um Matt, um ihn zu trösten.

»Das war absolut unfair!«, rief Olivier, und seine Stimme bebte vor Empörung. »Du bist einer der Besten, und ich sage dir: Das weiß auch dieser Ryan ganz genau!«

»Ich weiß nicht …« Matt massierte die schmerzende Stelle an seinem Bauch. »Heute war ich wirklich nicht in Form, und außerdem hatte ich null Konzentration.«

»Na und?«, widersprach Ben. »Jeder hat mal einen schlechten Tag! Also, falls dieser Typ tatsächlich hierbleibt und regelmäßig Probekämpfe abhält, dann wirst du mit Sicherheit wieder in die Mannschaft aufgenommen!«

»Keine Ahnung. Vielleicht …«, erwiderte Matt ohne große Überzeugung.

Er gab sich die allergrößte Mühe, seine Enttäuschung zu verbergen. Was für einen Sinn machte es schon, sich in Selbstmitleid zu suhlen?

»Darüber sollten wir uns jetzt keine Gedanken machen«,

sagte er daher laut. »Es gibt da noch etwas anderes, was ich sehr viel seltsamer finde.«

Matt sah seine Freunde einen Moment lang schweigend an.

»Wo ist Chang?«

Kapitel 3

Sensei auf der Spur

»Ich finde, wir sollten uns unbedingt in Changs Büro umsehen«, verkündete Ben entschieden. Sie standen immer noch auf dem Flur und überlegten, was zu tun war. »Dann kommen wir zwar zu spät zum Unterricht, aber –«

»Macht euch deshalb keine Gedanken«, beruhigte Olivier die Freunde. »Mir wird schon eine Geschichte einfallen, um Miss Barraclough zu beschwichtigen.«

»Dann mal los!«, und so sprinteten die vier in Höchstgeschwindigkeit den Flur entlang.

Gerade wollten sie um die Ecke und in einen anderen Gang einbiegen, da mussten sie auch schon wieder schlitternd abbremsen: Sie wären nämlich beinahe in Miss Lee, die Schulsekretärin, hineingerauscht.

Miss Lee war eine höchst ernsthafte Dame, die ihre Haare stets zu einem festen Knoten am Hinterkopf gesteckt hatte. Missbilligend musterte sie nun die Tangshan Tiger.

»Warum seid ihr nicht in eurer Klasse? Es hat vor …«, sie warf einen strengen Blick auf ihre Armbanduhr, »… viereinhalb Minuten geklingelt.«

»Wir erledigen rasch noch etwas für Sensei Ryan«, erwiderte Olivier, ohne zu zögern.

»Ich verstehe. Nun gut, aber denkt bitte wenigstens daran, dass es verboten ist, in den Schulkorridoren zu rennen.«

»Entschuldigung, Miss Lee!«

Sie gingen langsam weiter, bis Miss Lee außer Sichtweite war. Dann rasten sie alle gleichzeitig wieder los.

Wenig später standen sie keuchend vor der Tür, auf der Changs Name in goldenen Buchstaben stand, sowohl in römischen Lettern als auch in chinesischen Schriftzeichen. Matt klopfte an.

Keine Antwort.

Trotzdem drückte er vorsichtig die Klinke hinunter: Als Chang das letzte Mal unerwartet verschwunden war, hatten die Tiger in seinem Büro immerhin einen Hinweis auf seinen Aufenthaltsort gefunden. Die Tür schwang auf und gab den Blick auf ein kahles Zimmer frei, das nichts als einen Tisch und einen Stuhl enthielt.

Changs Bücher waren verschwunden. Ebenso das Gemälde

mit dem Tiger. Dennoch spähten sie unter den Tisch und den Stuhl, suchten das Fensterbrett hinter der Jalousie ab, und Matt zog sogar eine Ecke des Teppichs hoch – alles vergeblich: kein Fetzen Papier, keine versteckte Botschaft. Es gab absolut keine Spur von Chang, nichts, was ihnen in irgendeiner Weise weiterhalf.

»Und was jetzt?«, fragte Catarina ratlos.

»Ich finde, wir sollten Mr Wu befragen«, schlug Olivier vor. »Ich meine, er ist schließlich der Schulleiter. Da wird er wohl wissen, was hier vor sich geht!«

Die anderen nickten zustimmend, und so liefen sie eilig zum Büro ihres Schulleiters.

Sie erreichten das Zimmer genau in dem Moment, als die Schulglocke zur Pause klingelte.

Auch gut, dachte Matt, während er anklopfte. Wenigstens mussten sie sich jetzt nicht schon wieder eine Ausrede einfallen lassen und erklären, warum sie nicht im Unterricht waren.

»Ja?«, erklang Mr Wus Stimme von drinnen, und schon öffnete er ihnen die Tür. Wie immer wirkte er mit seinem Maßanzug, der Metallbrille und seinem säuberlich gestutzten Schnurrbart wie aus dem Ei gepellt. In der einen Hand hielt er die Basketball-Trophäe, die Matts Zimmergenosse Johnny mit seiner Mannschaft letzte Saison gewonnen hatte, in der anderen einen Staubwedel mit Federquaste. »Womit kann ich dienen?«

»Wir haben uns nur gefragt …«, begann Olivier in schmeichelndem Tonfall, »… ob Sie uns vielleicht etwas darüber sagen können, wo Meister Chang hingegangen ist. Wenn er die Schule verlassen hat, würden wir uns nämlich gerne von ihm verabschieden. Mit einem Geschenk oder so …«

»Ich fürchte, das wird kaum möglich sein. Ich werde ihm eure guten Wünsche ausrichten, falls ich noch einmal mit ihm spreche.« Mr Wu fegte ein letztes Staubkorn vom Pokal. Aber die Regale im Büro des Schulleiters standen voll mit blitzenden Trophäen, und schon fing er an, die nächste abzustauben: Fußball, 2005.

»Dann ist er also tatsächlich so ganz plötzlich weg? Für immer?«

»Also wirklich, die Auswahl der Lehrkräfte an dieser Akademie sollte für Schüler nun wirklich nicht von Belang sein.«

Das ist keine Antwort auf unsere Frage, dachte Matt unzufrieden. Im Gegenteil: Mr Wu wich Oliviers Frage aus, wirkte aber auch irgendwie nervös. Er sah ihnen nicht in die Augen, sondern griff stattdessen nach einem Pokal der Schwimmmeisterschaften.

»Tatsache ist«, gab er schließlich zu, »dass ich – und der Schulvorstand natürlich – also, dass wir zu einer Entscheidung gelangt sind: Es ist nicht länger im Interesse der Schule, Meister Chang als Trainer des asiatischen Kampfsportteams zu beschäftigen.«

»Aber er hat uns doch gerade erst geholfen, wieder ein Turnier zu gewinnen?!«, wandte Matt verwirrt ein. »Und da schicken Sie ihn einfach so weg? Ich meine, er hat sich ja nicht einmal von uns verabschieden können. Und dann war da plötzlich dieser neue Trainer da …«

»Ähm, das stimmt schon. Das ging alles auf einmal sehr schnell. Ich hätte euch vielleicht darauf vorbereiten sollen …«, sagte Mr Wu und wirkte wieder eine Spur unsicher. »Doch zum aktuellen Zeitpunkt schien es das Beste …« Mr Wu beendete seinen Satz nicht und sagte stattdessen mit entschiedener Stimme: »Sensei Ryan hat jedenfalls einen ausgezeichneten Ruf als Trainer, und ich wünsche nicht, das jetzt weiter zu diskutieren.«

»Aber das verstehe ich einfach nicht«, platzte es aus Catarina heraus. »Warum haben Sie Chang denn nun entlassen?«

Es klopfte an der Verbindungstür, und Miss Lee steckte den Kopf in Mr Wus Büro. »Ist alles in Ordnung? Ich habe laute Stimmen gehört.« Sie sah die Tangshan Tiger irritiert an.

»Es ist alles unter Kontrolle, Miss Lee«, versicherte ihr Mr Wu und fuchtelte mit dem Staubwedel in ihre Richtung. »Kein Grund zur Beunruhigung. Bitte lassen Sie uns alleine.«

Die Tür schloss sich wieder.

Der Schulleiter hüstelte und fuhr dann fort: »Dies ist, äh, eine Angelegenheit, die ihr Schüler nicht verstehen würdet. Es ist also besser, wenn ihr euch darüber nicht die Köpfe zerbrecht. Ich kann euch jedoch versichern, dass Chang nicht entlassen wurde. Es entstand lediglich der Eindruck, dass er nicht länger die beste Wahl als Trainer war. Wir haben ihm übrigens stattdessen eine Position als Professor in chinesischer Geschichte angeboten: Dies ist ein Fachgebiet, in dem er ebenfalls über weitreichende Kenntnisse verfügt. Doch er hat abgelehnt.« Mr Wu legte den Staubwedel zur Seite und hob die Hände in einer Geste, die wohl seine Hilflosigkeit und Unschuld verdeutlichen sollte. »Was hätte ich denn sonst noch tun sollen?«

»Und wo ist Chang jetzt?«, wollte Ben wissen.

Der Rektor drängte sich an den vier Freunden vorbei, um

zu einem weiteren Regal mit Trophäen zu gelangen, und wischte an einem Turn-Pokal herum. »Ich bin nicht Mr Changs Aufpasser«, erwiderte er beiläufig und ohne von dem Pokal aufzublicken. »Es war definitiv seine Entscheidung, die Akademie so plötzlich zu verlassen, und ich trage keinerlei Verantwortung für ihn. Er ist – wo auch immer er hingegangen ist. Wenn ihr mich jetzt bitte entschuldigen würdet, ich habe einiges an Arbeit zu erledigen.«

Er schob Matt zur Seite, vermutlich, um sich auf den nächsten Pokal zu stürzen. Es versetzte Matt einen Stich, als er sah, dass es sich hierbei um einen Pokal handelte, den sie allein durch Changs Training gewonnen hatten.

»Komm, wir gehen«, sagte er leise. »Das hier bringt doch nichts!«

Sie verabschiedeten sich von Mr Wu und zogen geknickt von dannen. Matt hörte noch, wie die Bürotür des Schulleiters sich mit einem Klacken hinter ihnen schloss, als Catarina auch schon wütend herausplatzte: »Hier ist doch irgendwas faul!«, und ihre Faust in die offene Hand sausen ließ.

»Das glaube ich auch«, stimmte Matt ihr zu. »Aber das sollten wir besser nicht hier auf dem Flur besprechen. Wer weiß, wer da mithört.«

»Na, und wenn schon … Wäre das denn ein Problem?«, fragte Olivier erstaunt.

»Möglicherweise.« Matt warf rasch einen Blick über die Schulter. »Sollen wir in den Garten gehen?«, schlug er dann vor. »Da haben wir unsere Ruhe …«

»Okay.«

Der hintere Garten war ein asphaltierter, von Mauern umgebener Platz direkt hinter dem Gemeinschaftsraum. Da er ziemlich abgeschieden lag, war er der ideale Ort für geheime Besprechungen. Es gab einen Kirschbaum und eine Holzbank, auf die Matt sich sofort fallen ließ.

»Wisst ihr, ich fürchte, Catarina hat recht. Irgendetwas stimmt hier ganz und gar nicht«, begann er nachdenklich. »Chang hat doch noch extra gesagt, dass er uns nicht freiwillig verlassen würde!«

»Genau«, pflichtete Ben ihm bei. »Und ich kann auch einfach nicht glauben, dass Chang gehen würde, ohne sich vorher zu verabschieden.«

»Auf gar keinen Fall«, stimmten ihm die anderen beiden zu.

»Das heißt …«, meinte Olivier langsam, »… egal, was geschehen ist oder warum er in Wahrheit gehen musste: Es ist entweder sehr plötzlich passiert ... oder ...«, er überlegte einen Moment. »Es wurde vielleicht hinter seinem Rücken vorbereitet, ohne dass er davon wusste.«

»Ja, wir müssen schnellstens herausfinden, was hier vorgeht.« Matt sah in die Runde. »Und es wieder in Ordnung bringen!«

»Aber wie sollen wir das anstellen?«, fragte Olivier zweifelnd. »Wir haben doch kaum noch Zeit, bei all dem Training –«

»Ja, und das bisschen Freizeit, dass uns bleibt, brauchen wir, um uns wieder davon zu erholen«, fügte Ben stöhnend hinzu. »Die Stunde heute Morgen war die Hölle!«

»Ihr drei habt definitiv nicht viel Zeit übrig«, gab Matt zu. »Aber ich schon. Ich bin schließlich nicht mehr im Team, richtig?«

Die anderen Tiger sahen ihn mit unsicheren Mienen an.

»Vielleicht sollten wir einfach alle aussteigen«, unterbrach Catarina schließlich das unbehagliche Schweigen. »Wenn Ryan dich rausschmeißt, dann gehen wir auch!«

Matt sah sie dankbar an. Trotzdem – das wäre ja auch keine Lösung!

»Nein, Catarina«, sagte er daher entschieden. »Ich will nicht, dass das ganze Team auseinanderbricht, nur wegen mir. Aber ich kann ja selber schon mal ein paar Nachforschungen anstellen.«

»Na gut …« Die anderen drei stimmten ihm, wenn auch etwas widerwillig, schließlich zu.

Langsam gingen sie zurück ins Gebäude und zum Aufzug hinüber, der hinauf zu den Zimmern führte.

»Aber – wir sind schon noch eine Bande, oder?« Ben wirkte als Einziger nicht so ganz überzeugt. »Ich meine, die Tangshan Tiger sollten doch eigentlich zusammen ermitteln …«

»Klar«, Matt sah ihn verwundert an. »Ich leiste nur die Vorarbeit. Und außerdem …«, er sah seine Freunde auffordernd an. »… ein *bisschen* Freizeit werdet ihr ja wohl noch haben.« Er drückte auf den Knopf für den Lift.

»Und was hast du jetzt vor?«, fragte Olivier neugierig.

»Na ja, ich frage mich, ob jemand von Changs Verschwinden profitiert – und wenn ja, wer«, antwortete Matt.

»Oh!«, rief Olivier aufgeregt. »Du meinst, dass Sensei Ryan eventuell …?«

»Genau! Er hat immerhin einen ziemlich guten Job ergattert! Also werde ich versuchen, alles über ihn herauszufinden.

Ich will wissen, ob er hinter dieser ganzen Sache stecken könnte.«

»Hm …«, meinte Ben anerkennend. »Klingt nach einem guten Plan. Hoffentlich findest du etwas heraus.«

Die Aufzugtüren öffneten sich geräuschlos, und Matt trat hinein.

»Gut, also bis später«, rief er, dann schlossen sich die Türen wieder, und der Aufzug beförderte Matt in Windeseile hinauf zu den Schlafräumen.

Ich werde herausfinden, was passiert ist, dachte er und ballte entschlossen die Hände. Ich habe ja gar keine andere Wahl!

Oben angekommen, lief er schnell in sein Zimmer. Niemand war da, denn Johnny Goldberg, sein Zimmergenosse, war noch beim Basketball-Team. Alle sind im Training außer mir, dachte Matt frustriert. Doch genau deswegen war es umso wichtiger, mehr über Ryan herauszufinden.

Er setzte sich an den Computer, der auf einem Tisch unterm Fenster stand, und öffnete den Internet-Browser. Dann tippte er »Sensei Mike Ryan« in die Suchmaschine ein und drückte auf »Enter«.

Nach einigen Sekunden füllte sich sein Bildschirm mit zahlreichen Treffern für Mike Ryan: Insgesamt verwiesen mehr als fünfhundert Links auf den neuen Trainer. Matt pfiff anerkennend leise durch die Zähne: Dieser Mann hatte offensichtlich einen internationalen Ruf, daran gab es keinen Zweifel.

Als Erstes klickte Matt auf Ryans offizielle Homepage, auf der ein Foto von Ryan zu sehen war: Er lächelte nicht, sondern hatte sein Kinn kampflustig nach oben gereckt. Plötzlich zuckte Matt erschrocken zusammen, denn Ryans Stimme dröhnte auf einmal durch das Zimmer.

»Hallo. Mein Name ist Mike Ryan. Ich bin dreifacher Schwergewichtsweltmeister in Karate. Außerdem zweifacher Gewinner der offenen Meisterschaften auf den Philippinen. Mitglied des amerikanischen Karate-Olympiateams bei den Olympischen Spielen in Athen. Schwarzer Gürtel in Taekwondo ...«

Die Liste ging endlos weiter. Ryan hatte in zahlreichen Turnieren gesiegt: sowohl in Karate als auch in Taekwondo, und er hatte sogar eine Reihe extremer Mischkämpfe gewonnen. Seine sportlichen Leistungen waren anscheinend wirklich mit denen von Chang vergleichbar. Matt ertappte sich bei der Überlegung, wer von beiden wohl gewonnen hätte, wenn sie einander auf der Höhe ihrer jeweiligen Laufbahn gegenübergetreten wären.

Sicher war Chang viel zu gut für Ryan!, dachte er. Aber ganz sicher konnte er sich natürlich nicht sein.

Er verließ die offizielle Website und folgte einigen der anderen Links. Sensei Ryan war anscheinend auch leitender Trainer eines großen, internationalen Karateverbands. Die Schulen dieser Vereinigung waren auf der ganzen Welt verteilt. Laut der Website hatte Ryan den Verband vor einigen Jahren selbst gegründet. Jetzt allerdings nahm er dort eine Art Ehrenvorsitz ein, war jedoch nicht mehr aktiv im Einsatz. Matt hob erstaunt die Augenbrauen. Das war ja hochinteressant! Dieser Ryan musste über eine ganze Menge Ansehen und Geld verfügen …

Matt klickte sich über den Link zur Verbands-Website immer weiter und sammelte dabei jede Menge Informationen. Auf diese Weise verging in Windeseile fast eine Stunde, bevor Matt sich endlich dehnte und streckte, tief Luft holte und den Computer herunterfuhr.

»Hoffentlich findest du etwas heraus!«, hatte Olivier vorhin zu ihm gesagt.

Nun, *das* war ihm definitiv gelungen!

Matt rannte hinunter ins Erdgeschoss und erreichte das Kwoon genau in dem Moment, als die Tangshan Tiger aus dem Trainingsraum kamen. Erstaunt stellte Matt fest, dass dieser jetzt nicht mehr *Kwoon* hieß. Sensei Ryan hatte das alte Schild an der Tür durch ein neues ersetzt: Jetzt stand dort *Dojo*.

Wie seltsam, dachte Matt, hier in Peking das japanische Wort für Kwoon zu verwenden! Es sah ganz so aus, als wollte Sensei Ryan um jeden Preis deutlich machen, wer jetzt Trainer im Kampfsport-Team war – und gleichzeitig jede Spur von Chang beseitigen …

»Hast du was rausgefunden?«, erkundigte sich Olivier auf einmal und sah ihn gespannt an.

»Könnte man so sagen«, erwiderte Matt betont locker.

»Und?«

»Ich erzähl's euch gleich. Aber nicht hier. Hier ist zu viel los«, sagte Matt und führte seine Freunde den Gang hinunter zu einer etwas abseits gelegenen Treppe.

»Nun erzähl schon!«, drängte Ben, als sie dort angekommen waren.

»Also …«, begann Matt und sah seine Freunde an. »Ryan ist leitender Trainer eines Verbunds von Karateschulen.«

»Die *Ryan-Karate-Vereinigung,* ja«, bestätigte Olivier. »Davon hab ich schon mal gehört.«

»Genau. Und das ist ein ziemlich dickes Geschäft«, fuhr Matt fort. »Auf internationaler Ebene! Muss ganz schön viel Geld wert sein. Er hat es selber vor zehn Jahren aufgezogen. Aber eines ist dabei besonders interessant. Ratet mal, woher er wohl das Startkapital hatte!«

»Jetzt sag schon. Woher sollen *wir* das denn wissen?« Catarina wurde langsam sichtlich ungeduldig, und Matt setzte eilig seinen Bericht fort.

»Ein alter Studienfreund hat ihm das Geld geliehen!«, erklärte er. »Dieser Freund besitzt wohl *ziemlich* viel Kohle. Kein Wunder, er ist nämlich ein berühmter Wissenschaftler und hat einige Erfindungen patentieren lassen.«

»Okay«, sagte Catarina gedehnt und rollte ungeduldig mit den Augen. »Und dieser Freund ist …?«

»Er ist …«, Matt blickte in die gespannten Gesichter seiner Freunde, »… Vitali Drago.«

Die Tiger starrten Matt einen Moment lang sprachlos an.

»Du meinst – Andreis Vater?«, fragte Ben ungläubig.

»Genau.«

»Das ist es also!«, meinte Olivier. »Mr Wu hat behauptet, es

sei nicht im Interesse der Schule, dass Chang hier weiter unterrichtet –«

»Im Interesse der Schule wäre es hingegen, ein heftiges Sümmchen von Andreis Altem zu kassieren … unter der Bedingung, dass sein Sohn hier ins Kampfsport-Team aufgenommen wird!«, folgerte Catarina.

Ben kratzte sich nachdenklich am Kopf. »Hm … das macht Sinn: Andrei ist vermutlich nicht gut genug und hätte mit Chang als Trainer kaum eine Chance auf einen Platz in der Mannschaft. Schließlich ist Chang absolut unbestechlich!«

»Ryan jedoch – der würde Andrei natürlich sofort aufnehmen. Schließlich schuldet er dem alten Drago eine ganze Menge«, beendete Olivier die Überlegungen.

»Genau.« Matt nickte. »Vermutlich ist Chang deswegen so plötzlich verschwunden: Nach dem, was Andrei in Kyoto angestellt hatte, hat sein Vater sofort sämtliche Kontakte spielen lassen, Mr Wu Geld angeboten und garantiert gleich noch Ryan als Trainer vorgeschlagen. Deswegen hat sich Mr Wu auch einfach davor gedrückt, uns alle auf den Trainerwechsel vorzubereiten. Er wusste, dass wir uns darüber aufregen würden. Und Chang? Der hatte bestimmt nicht erwartet, dass alles so schnell gehen würde.«

»Ja, trotzdem frage ich mich, ob Chang nur deswegen so plötzlich verschwunden ist«, sagte Ben nachdenklich.

»Niemals! Da steckt hundertprozentig noch etwas anderes dahinter!«, meinte Olivier voller Überzeugung. »Aber was machen wir denn nun?«

»Mit Meister Chang sprechen!«, rief Catarina wie aus der Pistole geschossen.

»Hm …«, überlegte Matt, »… aber wie sollen wir ihn denn finden? Wir haben nichts, keine noch so kleine Spur …«

»Jetzt seid mal nicht so pessimistisch!« Ben grinste plötzlich sehr vergnügt. »Wir haben halt nichts Sichtbares.«

»Wie jetzt, nichts *Sichtbares*?« Catarina sah Ben verwirrt an.

»Ihr werdet schon sehen«, antwortete der geheimnisvoll. »Wir treffen uns gleich noch einmal bei Chang im Büro, okay?!«

»Aber was …?«

Doch Ben war schon verschwunden. Er flitzte nämlich in einem Affenzahn den Flur hinunter.

Kapitel 4

Die schwarze Maschine

Matt, Catarina und Olivier warteten neugierig vor Changs Tür, als Ben einige Minuten später völlig außer Atem wieder auftauchte. Unterm Arm trug er eine seltsame schwarze Maschine: eine Metallbox mit Rädern und einer Art Roboterkopf. Stolz stellte er das Ding vor seinen Freunden auf dem Boden ab.

»Da wären wir!«, verkündete er erfreut.

»Äh, Ben«, fragte Matt. »Was ist das?«

»Das ist ein Elektro-Hund«, antwortete Ben.

»Ein was?«

»Mein Vater hat ihn mir geschickt. Das ist der Prototyp zu einem neuen Spielzeug. In den USA kommt das bald ganz groß raus. Es ist eine Art Roboterhund, und er ist so programmiert, dass er bestimmte Gerüche erkennt. Man kann ihm zum Beispiel befehlen, Schokolade oder Kekse zu holen … oder was auch immer. Ziemlich genial, stimmt's?«

»Schon. Und das wäre auch echt superpraktisch, wenn wir jetzt ganz dringend Schokolade oder Kekse finden müssten«, ließ sich Olivier vernehmen. »Aber falls du dich erinnerst: Wir sind im Moment eher auf der Suche nach einem verschwundenen Kampfsporttrainer, und so ist es vielleicht nicht ganz der richtige –«

»Jetzt wart's doch mal ab. Es ist nämlich so: Ich habe ihn ein klein wenig umprogrammiert«, fuhr Ben fort. »Und jetzt kann er auch neue Gerüche lernen!«

Matt und die anderen mussten lachen. Wann fand Ben nur die Zeit für solche Dinge?

Doch plötzlich dämmerte es Matt, worauf Ben hinauswollte: »Soll das heißen – er kann Changs Spur aufnehmen?«, fragte er aufgeregt.

»Genau. Das ist mein Plan!« Ben grinste zufrieden. »Seht her!«

Er drückte einen Knopf auf der Fernbedienung, und sofort fing der Elektrohund an zu summen. Einen Moment später leuchteten seine Augen rot auf, er schoss in Changs Büro hinein und gab eine Art schnüffelndes Geräusch von sich.

Catarina brach fast zusammen vor Lachen. »Ben, deine Geräte werden echt immer besser«, kicherte sie.

Ben schickte unterdessen den Elektrohund durch Changs gesamtes Büro. Er ließ ihn vor allem jene Stellen besonders gründlich abschnüffeln, an denen Chang vermutlich die meiste Zeit verbracht hatte: seinen Stuhl, das Fenster und die Stelle mit dem kleinen buddhistischen Tempel, wo Chang regelmäßig meditiert hatte.

Plötzlich hörte das Schnüffelgeräusch auf. Stattdessen ertönte ein aufgeregtes Piepsen, und der Stummelschwanz des Elektrohundes fing an, wie wild zu wedeln.

»Er hat es geschafft!«, jubelte Ben. »Er hat Changs Geruch aufgenommen!«

»Das ist echt phänomenal!«, meinte Matt. »Und jetzt – jetzt folgen wir ihm, oder wie?«

»Aber klar«, erwiderte Ben. »Wir folgen ihm, genau wie einem richtigen Spürhund.«

»Wir haben da nur ein klitzekleines Problem«, gab Olivier zu bedenken. »Der Nachmittagsunterricht fängt gleich an. Vielleicht sollten wir warten, bis –«

»Nein«, widersprach Matt entschieden. »Wir sollten keine Zeit verschwenden. Je eher wir Chang finden, umso besser.«

»Aber wie kommen wir aus der Schule raus, ohne dass uns jemand von den Wachmännern aufhält?«, fragte Catarina. »Schließlich bewachen sie den Hauptausgang.«

Aber jetzt hatte Olivier offenbar eine Eingebung. Er schnippte mit den Fingern und rief aufgeregt: »Ich habe eine Idee! Wartet hier – ich hole nur schnell was aus meinem Zimmer«, und damit spurtete er auch schon davon.

Die Tiger sahen sich verwirrt an, während der Elektrohund unaufhörlich vor sich hin piepste.

»Den schalte ich wohl besser mal aus«, meinte Ben. »Könnte vielleicht ein bisschen seltsam aussehen, wenn wir so mit ihm rauslaufen.« Er hob den Hund auf. »Sei still, Hund!«

Das Piepsen verstummte.

»Soll das etwa heißen, er tut auch noch, was du ihm sagst?«, fragte Catarina mit aufrichtiger Bewunderung.

»Ehrlich gesagt: nein. Ich habe ich ihn einfach nur ausgeschaltet!«, antwortete Ben grinsend und schob den Hund unter seine Jacke. In dem Moment ging die Tür auf, und Olivier stürmte schwer atmend wieder ins Zimmer. In der Hand hielt er vier Ringhefter aus Plastik, die er Matt nun vor die Nase hielt. Matt nahm einen der schmalen Ordner und schlug ihn auf. Aber die Blätter darin waren alle leer.

»Was soll denn das?«, fragte er verdutzt und gab Olivier den Ordner zurück.

»Ach, ich hab da eine Idee, wie wir hier rauskommen«, erwiderte Olivier knapp. »Kommt, ihr erklär's euch unterwegs!«

Sie liefen zu einem der Seitenausgänge der Schule, wo ein junger, rotwangiger Sicherheitsbeamter Dienst hatte. Seine Uniform war gebügelt, gestärkt und absolut makellos. Fragend sah er die Tiger an, als sie sich mit ernsten Mienen näherten. Die Ordner hatten sie unter den Arm geklemmt, um geschäftsmäßiger zu wirken.

»Ja?«

»Würden Sie uns bitte durchlassen?«, forderte Olivier höflich, aber bestimmt und mit betont britischem Akzent. »Wir sind etwas in Eile.«

Matt sah seinen Kumpel erstaunt an – Olivier hatte auf jeden Fall eine besondere Begabung, verschiedene Akzente nachzumachen. Diesmal handelte es sich um genau die Art von hochgestochenem britischen Englisch, das von vielen automatisch als Respekt einflößend empfunden wurde.

»Kann ich bitte eure Ausgangs-Bescheinigungen sehen?«, fragte der Mann.

»Wir sind mit Schülern einer örtlichen Schule im Rahmen des neuen übergreifenden Schulprojektes verabredet – darüber sind Sie doch sicher informiert, oder?«

»Äh – übergreifendes Schulprojekt?«

»Wollen Sie etwas sagen, Mr Wu hat Sie über diese Sache nicht in Kenntnis gesetzt?« Olivier klang vollkommen ungläubig. »Also wirklich, ich war der Annahme, so etwas sei besser organisiert. Das übergreifende Schulprojekt ist eine Initiative der Internationalen Akademie Peking: Die Schüler der Akademie helfen dabei einheimischen Grundschulkindern. Wir bringen ihnen zum Beispiel Englisch bei. Sie machen diesen Job hier auch noch nicht allzu lange, stimmt's? Vielleicht ging die Information raus, bevor Sie hier angefangen haben?«

»Äh – ja, vielleicht. Aber –«

»Nun, Sie können das gerne später bei Mr Wu überprüfen. Wir sind jetzt leider ein wenig in Eile. Wenn Sie also so freundlich wären …«

Der Wachmann schien immer noch unentschlossen. »Warum wollt ihr ausgerechnet zum Seitenausgang raus?«

»Das geht schneller«, antwortete Olivier, ohne zu zögern. »Und wie schon gesagt, wir haben es ein bisschen eilig. Sie

wollen doch nicht dafür verantwortlich sein, dass die Internationale Akademie Peking ihre Terminvereinbarungen nicht einhält, oder? Ich weiß nicht, was Mr Wu dazu sagen würde!«

Die anderen Tiger, die bisher wortlos um Olivier herumgestanden hatten, stiegen nun mit in das Spiel ein: Matt sah auf die Uhr, Ben blätterte ungeduldig durch seinen Ringhefter, und Catarina murmelte unüberhörbar. »Ich möchte nicht wissen, was die Botschaft sagt, wenn wir zu spät kommen. Das wird denen gar nicht gefallen …«

Das war ja nun doch ganz schön dick aufgetragen, dachte Matt grinsend.

Aber dem jungen Wachmann schien das nicht weiter aufzufallen: »Na gut«, meinte er schließlich. »Übergreifendes Schulprojekt – ja, ich glaube, davon habe ich kürzlich was gehört. Dann mal ab mit euch.«

Er winkte sie durch die Tür.

Die vier verließen schnellen Schrittes das Gebäude. Kurz darauf erreichten sie eine ruhige Seitenstraße, die mit Bäumen gesäumt war.

»Geschafft!« Olivier grinste hochzufrieden.

»Hm«, machte Matt. »Ich wünschte nur manchmal, wir müssten nicht solche Lügenmärchen erzählen.«

»Der Zweck heiligt die Mittel, sagt mein Vater immer!«, entgegnete Olivier.

»Und was heißt das genau?«, wollte Catarina wissen.

»Es bedeutet, dass es in Ordnung ist, die Regeln ein wenig anders auszulegen, wenn es für eine gute Sache ist«, erklärte Olivier. »Außerdem scheint mir so ein übergreifendes Schulprojekt gar keine so schlechte Idee. Vielleicht schlage ich das Mr Wu tatsächlich mal vor. Dann ist es gar keine Lüge mehr – eher der Wahrheit ein bisschen vorausgegriffen!«

Ben setzte den Elektrospürhund auf den Boden und schaltete ihn ein. Sofort fing er an zu piepsen und sauste die Straße hinunter.

Die Tangshan Tiger rannten aufgeregt hinterher. Der Hund führte sie an Wohnblocks, einigen Geschäften und einem Café mit rot-weißem Coca-Cola-Schirm vorbei, wo barfüßige alte Männer Schach spielten.

»Chang ist also hier entlanggekommen?«, fragte Matt.

»So ist es«, erwiderte Ben.

»Aber warte mal.« Matt war sich plötzlich sicher, dass es in ihrem Plan eine entscheidende Schwachstelle gab. »Was ist, wenn Chang nicht die ganze Strecke zu Fuß gegangen ist? Ich meine, es kann doch durchaus sein, dass er sich irgendwo ein

Taxi genommen hat oder in den Bus gestiegen ist. Verliert der Hund dann nicht die Spur?«

»Das ist ja das Tolle«, erklärte Ben. »Der Hund kann uns auf jeden Fall an den Ort führen, wo er den Geruch zum letzten Mal am *Boden* wahrnimmt. Aber dann sollte er in der Lage sein, Gerüche auch in der Luft zu erschnuppern. Wir haben also auf jeden Fall eine Chance, Changs Spur weiterzuverfolgen. Ich habe es natürlich noch nicht ausgetestet, aber es müsste funktionieren!«

Inzwischen hatten sie eine Hauptstraße erreicht: Autos, Busse und Lastwagen donnerten an ihnen vorbei, und der Elektrospürhund blieb stehen. Er hörte auf zu piepsen, und stattdessen blinkten seine Augen wieder rot.

»Was macht er denn jetzt?«

»Hier endet wohl die Spur«, sagte Ben. »Wartet mal kurz.«

Eine kurze Klingelmelodie war zu hören – das Geräusch, das Bens BlackBerry von sich gab, wenn eine neue E-Mail einging. Er nahm das Gerät aus der Tasche und zeigte den Tigern das farbige Display. Matt erkannte, dass es sich um eine Übersichtskarte von Peking und Umgebung handelte. An einer Stelle leuchtete immer wieder ein roter Punkt auf.

»Das ist Chang!«, sagte Ben. »Oder zumindest kann der

Hund irgendwo dort seinen Geruch wieder aufnehmen. Vielleicht ist Chang inzwischen auch schon längst woanders … Mal sehn, wir werden mehr wissen, wenn wir in der Nähe sind.«

»Ja, aber sehe ich das richtig?«, wandte Olivier ein. »Wir müssen die Ringstraße um die Stadt herum nehmen, oder? Da brauchen wir ja ewig!«

»Versuchen können wir es trotzdem«, meinte Catarina optimistisch. »Kommt, wir gehen erst mal weiter!«

Also eilten sie weiter, bis zur nächsten Kreuzung. Einige Passanten blieben stehen und starrten den Roboterhund an, der neben den Freunden herratterte.

»Und hier kommt auch schon unsere Mitfahrgelegenheit«, rief Catarina plötzlich.

Sie zeigte auf einen kleinen Lieferwagen mit offener Ladefläche. Der Fahrer trug eine alte blaue Schirmmütze, eine fleckige gelbe Weste, und aus seinem Mundwinkel hing eine Zigarette. Das klappernde Gefährt kam direkt auf sie zu. Der Fahrer drückte auf die Hupe, während er einen Schlenker machte, um einem Radfahrer auszuweichen.

Matt spürte, wie ihm flau im Magen wurde. »Du machst Witze, oder?«

»Nein, wieso?«, fragte Catarina zurück. »Wir springen einfach hinten auf. Wo ist das Problem?«

»Aber das ist doch viel zu gefährlich!«

Catarina zog die Augenbrauen hoch. »Ach komm schon!«, rief sie. »Wie sollen wir denn sonst zu Chang gelangen? Ich zeig euch, wie's geht.«

In gebückter Haltung sprintete sie neben dem Lieferwagen her. Schnell schnappte sich Ben den Elektrohund, stopfte ihn sich unter seine Jacke, und nun rannten auch die drei Jungs los. Der kleine Laster fuhr zwar langsam, war jedoch inzwischen schon ein gutes Stück weitergefahren. Aber dann musste er vor einer Kurve abbremsen, und sie konnten ihn wieder einholen.

»Jetzt!«, rief Catarina. Sie spurtete los, streckte den Arm aus und packte die Heckklappe des Lieferwagens. Scheinbar mühelos schwang sie sich hinauf auf die Lieferfläche, wobei ihre langen Beine einen Bogen durch die Luft beschrieben.

Ben und Olivier taten es ihr gleich: nicht ganz so graziös wie Catarina, aber immerhin genauso erfolgreich.

Nun fehlte nur noch Matt. Er war schon ziemlich außer Atem, und sein Herz hämmerte wie verrückt. Die Tiger feuerten ihn an und streckten ihm die Hände hin.

»Komm schon, Matt!«, rief Olivier. »Du hast es doch schon fast geschafft!«

Matt rannte, so schnell er nur konnte, doch inzwischen beschleunigte der Lastwagen bereits wieder. Er streckte die Hand aus, aber zwischen seinen Fingerspitzen und der niedrigen Heckklappe bestand immer noch eine Lücke von etwa einem Meter. Er musste jetzt springen – oder ganz zurückbleiben!

»Na los, Matt!«, rief Catarina. »Das machst du mit links!«

Matt legte einen verzweifelten Endspurt ein, packte die oberste Latte und – sprang ab. Es zog ihm die Beine unterm Körper weg, und einen scheußlichen Moment lang hing er in der Luft, während die Straße unter ihm wegrauschte. Der Muskel in seinem Bauch tat wieder höllisch weh, nur: loslassen konnte er auch nicht mehr. Der Lieferwagen geriet ins Schlingern und Matt wurde hin und her geschleudert. Mehrere Autos begannen zu hupen, und Matt wusste genau: Wenn er jetzt herunterfiel, würde er direkt vor den Rädern des nächsten Fahrzeugs landen.

Aber im nächsten Moment spürte er, wie Catarina, Ben und Olivier ihn an den Armen packten, ihn festhielten und nach und nach auf die Ladefläche zogen.

Zitternd landete er schließlich auf dem Boden und rang nach Atem.

Er hatte es geschafft!

Zufrieden grinsten sie sich an. Der Lieferwagen war mit Getreidesäcken beladen, zwischen denen sie es sich nun gemütlich machten. Der Fahrer in der Kabine hatte zum Glück das Radio so laut aufgedreht, dass er überhaupt nichts mitbekam: Stattdessen wippte er mit dem Kopf zur Musik und schlug mit den Händen den Takt aufs Lenkrad.

»Siehst du«, meinte Catarina und wandte sich zu Matt um. »Ich hab doch gesagt, dass es kein Problem ist!«

»Klar«, lachte Matt. »Für *dich* nicht!«

In diesem Moment fing der Hund wieder an zu piepsen.

»Warum macht er das jetzt?«, wollte Matt wissen.

»Weil wir vom Kurs abweichen«, erklärte Ben mit einem Blick auf sein BlackBerry. »Hört mal, Leute. Wir bewegen uns wieder von Chang weg. Das heißt, wir sollten hier so bald wie möglich abspringen.«

Er setzte sich auf und spähte über den Rand der Ladefläche.

»Gleich erreichen wir die *Suzhou-Brücke*. Da werden zwei Fahrspuren zusammengeführt, unser Taxi muss garantiert abbremsen – und das nützen wir aus, okay?«

Die anderen nickten zustimmend, und Matt spürte bereits, wie der Lieferwagen langsamer wurde.

»Auf geht's!« Catarina stützte sich mit einer Hand auf der Seitenklappe ab und sprang über den Rand. Dieses Mal zögerte Matt keine Sekunde: Er wusste jetzt, dass er es schaffen würde, schwang sich geschickt von der Ladefläche nach unten und lief sofort weiter, sobald seine Füße den Asphalt berührten.

Wow!, dachte er. Er hatte auf einmal das Gefühl, so leicht und beweglich wie Catarina zu sein.

Inzwischen waren auch die anderen beiden abgesprungen. Der Fahrer machte ein überraschtes Gesicht, als er die vier plötzlich auf dem Gehweg neben seinem Fahrzeug herrennen sah. Ihm musste es so vorkommen, als wären sie einfach so aus dem Nichts aufgetaucht.

Matt verbeugte sich im Rennen und bedankte sich auf Mandarin.

Immer noch ziemlich verwirrt nickte der Mann und brauste davon. Lachend verlangsamten die Tangshan Tiger ihr Tempo und gingen etwas gemächlicher weiter.

»Und wo müssen wir jetzt lang?«, wollte Olivier wissen.

»Fragen wir doch am besten den Hund«, antwortete Ben.

Er setzte den Roboter auf den Boden. Der Hund fing sofort an zu piepsen und gab außerdem ein aufgeregtes elektronisches Bellen von sich.

»Los, in diese Richtung!«, rief Ben.

Der Hund führte sie eine Weile neben der Straße entlang. Dann bog er auf einen schmalen Pfad ab, der zwischen Bäumen hindurch- und einen Hügel hinaufführte. Der Verkehrslärm hinter ihnen wurde immer leiser, während der Hund noch einen Zahn zulegte und auch das Piepsen schneller wurde. Kurz darauf erreichten sie die mit Gras bewachsene Kuppe des Hügels und blickten schwer atmend auf einen riesigen, schimmernden grünen See. Zwischen ihnen und dem See befand sich ein hoher Drahtzaun. Auf der anderen Seite des Sees, umgeben von Bäumen, stand ein weißes Gebäude.

»Das hier muss der *Longevity-Hügel* sein und das da unten dann der *Kunming-See*.« Ben studierte wieder die Karte auf seinem BlackBerry. »Der liegt auf dem Grundstück vom *Sommerpalast*.«

Matt sah hinüber zum Palast. Irgendwo dort befand sich also Chang …

Der von Menschenhand angelegte See und seine Umgebung waren wunderschön, und mitten über den See spannte sich eine beeindruckende Brücke. Die eleganten Brückenbögen spiegelten sich in der Wasseroberfläche: Spiegelbild und echte Bögen schienen zusammen perfekte Kreise zu bilden.

Er atmete tief durch. »So etwas gibt es auch nur in Peking«, stellte er begeistert fest. »Einfach irre.«

»Ja«, ertönte da eine bekannte Stimme hinter ihnen. »Manchmal können Natur und Kunst sich zusammenschließen und auf diese Weise etwas umso Schöneres schaffen.«

Matt wirbelte herum: Chang Sifu trat aus einer kleinen Baumgruppe heraus! Der Elektrohund sauste auf ihn zu und schnüffelte an Changs Hosenbeinen, während der schwarze Metallstummelschwanz eifrig hin- und herwedelte.

Chang betrachtete den Elektrohund lächelnd. Dann sah er Matt und die übrigen drei Tangshan Tiger aufmerksam an.

»Ihr habt mich also gefunden«, sagte er schließlich langsam und nickte bedächtig.

Kapitel 5

Das Versteck

»Meister Chang!« Matt verbeugte sich leicht und legte seine rechte Faust in die ausgestreckte linke Hand.

Auch die anderen Tangshan Tiger vollführten nun die traditionelle Geste der Respektsbekundung. Chang erwiderte ihren Gruß mit einem leichten Nicken.

Er schien nicht überrascht, seine Schüler zu sehen, dachte Matt. Andererseits … Chang zeigte sich ohnehin selten durch irgendetwas überrascht.

Aber was machte er hier? Dies war keine Wohngegend, sofern man nicht den *Sommerpalast* in der Ferne mitrechnete.

Chang schlief doch sicherlich nicht unter freiem Himmel? Besorgt betrachtete Matt seinen Lehrer: Changs Haare waren verwuschelt, und er wirkte ziemlich müde.

Da entdeckte Matt in einiger Entfernung hinter den Bäumen eine Art kleine Holzhütte oder Schuppen. Wohnte Chang etwa da drin?

»Warum sind Sie hierhergekommen, Sifu?«, fragte er in respektvollem Tonfall. »Und warum haben Sie die Akademie so plötzlich verlassen?«

»Die Umstände haben es verlangt«, antwortete Chang. Er ging mit gesenktem Kopf ein Stück durchs Gras, als sei er tief in Gedanken versunken. Die vier Freunde folgten ihm.

»Was für Umstände?«, bohrte Ben nach.

»Nichts, was auf euch einen Einfluss hätte.«

»Wie können Sie das nur sagen?!«, widersprach Catarina und sah Chang fassungslos an. »Sie haben unser Team verlassen! Außerdem wissen wir, dass irgendetwas Schlimmes passieren wird –«

»Genau«, ergänzte Matt, als er den erstaunten Blick seines Lehrers sah. »Weshalb sonst hätten Sie uns in Ihrer letzten Trainingsstunde diese Straßenkampf-Tricks beigebracht?«

»Ihr täuscht euch. Das war kein Street Fighting. Ich habe euch niemals Prügeltechniken dieser Art beigebracht.« Chang Sifu führte sie zu einem von niedrigen Hecken eingesäumten Garten.

»Aber … aber … Ihre letzte Trainingsstunde …«, rief Ben, während sie den Garten betraten. »… die ist doch völlig anders als bisher verlaufen. Und Sie haben uns diese neue

Technik beigebracht –« Er brach ab und sah Chang völlig verwirrt an.

»Mir ging es lediglich darum, eure Technik zu verbessern, nichts weiter«, erwiderte Chang. Doch als er die erstaunten Gesichter der Tangshan Tiger sah, sprach er weiter: »Gut – ich wollte euch auch zeigen, wie richtige Kämpfe verlaufen können. Kämpfe, bei denen sich die Gegner im schlimmsten Fall ernstlich verletzen ...«

Er schüttelte den Kopf, als wollte er einen unangenehmen Gedanken vertreiben. »Aber Kämpfe dieser Art sollten, wenn möglich, stets vermieden werden.«

Chang will uns einfach nichts Konkretes erzählen, dachte Matt frustriert. Wie sollen wir ihm dann helfen?

Auch Olivier wollte sich offenkundig nicht mit Changs Andeutungen zufriedengeben und versuchte es nun mit einer anderen Taktik: »Sifu«, begann er. »Wir haben etwas Seltsames über Sensei Ryan herausgefunden. Er ist ein alter Freund von Andrei Dragos Vater, und der hat ihm vor ein paar Jahren eine Menge Geld geliehen. Jetzt hat Ryan diesen Andrei in die Mannschaft aufgenommen – und Matt musste gehen!«

»Es tut mir leid, das zu hören, Matt.« Changs Stimme blieb

ganz ruhig. »Doch Ryan trägt jetzt die Verantwortung für das Team. Es ist seine Entscheidung.«

Jetzt war Matt völlig perplex. Er konnte einfach nicht glauben, dass Chang Sifu all dies auf einmal gleichgültig war. Irgendetwas musste vorgefallen sein. Irgendetwas, das in Changs Augen diese Ereignisse an der Akademie unwichtig erscheinen ließ.

»Aber es ist nicht fair!« Olivier sah Chang Sifu empört an. »Betrug ist das, Korruption!«

»Bei der Zusammenstellung einer Mannschaft gibt es keinen Raum für Korruption«, erklärte Chang mit unbewegter Miene. »… egal, ob ich da bin oder nicht. Ich möchte euch deswegen bitten, weder Sensei Ryan noch sonst jemanden zu verleumden, ohne dass ihr Beweise habt.«

Chang trat auf der anderen Seite des Gartens wieder hinaus auf die Wiese. Dort blieb er stehen und zeigte in die Richtung, aus der sie gekommen waren.

»Ich schlage vor, ihr kehrt zur Akademie zurück, bevor ihr Ärger kriegt. Vielen Dank, dass ihr mich besucht habt. Ich weiß eure Loyalität mir gegenüber zu schätzen. Doch es gibt nichts, was ihr tun könnt.«

Chang wirkte jetzt beinahe noch erschöpfter als bei ihrer

Ankunft, und Matt bemerkte mit Sorge die dunklen Ringe unter den Augen seines Lehrers.

»Ist es wirklich das, was Sie wollen?« Ben machte einen Schritt auf den Mann zu, der ihnen allen so viel beigebracht hatte.

»Kehrt zur Akademie zurück«, wiederholte Chang. »Konzentriert euch aufs Lernen. Und aufs Training. Und denkt an das, was ihr in meiner letzten Unterrichtsstunde gelernt habt: Balance ist der Schlüssel zu allem.«

»Wann werden wir Sie denn wiedersehen?«, fragte Matt mit gerunzelter Stirn.

Er fühlte sich völlig hilflos – gab es denn gar nichts, was die Tangshan Tiger tun konnten? Waren sie wirklich den ganzen Weg umsonst hierhergekommen?

Fast schien es so, denn Sifu wandte sich schweigend ab und ging davon.

Doch dann drehte er sich noch einmal zu ihnen um: »Denkt daran«, sagte er leise. »Die Schlange nähert sich leise, aber sie kann tödlich sein.«

Die Tiger warfen sich verständnislose Blicke zu. Warum redete Chang jetzt plötzlich von Schlangen? Was wollte er ihnen damit sagen?

»Kehrt zur Akademie zurück«, befahl Meister Chang ihnen nun ein letztes Mal. In seiner Stimme schwang ein ungewohnt strenger Unterton mit. »Ich kann euch vier hier überhaupt nicht gebrauchen.«

Matt glaubte, sich verhört zu haben. In diesem Ton hatte Chang noch nie mit ihnen gesprochen! Auch Catarina schnappte bei diesen harten Worten nach Luft.

Schweigend sahen sie Chang hinterher, der nun endgültig in Richtung der Holzhütte verschwand, ohne sich noch einmal umzudrehen.

Plötzlich stutzte Matt: Bei der Hütte befand sich noch eine zweite Person! Es war eine kleine Gestalt in einem blauen Tunika-Kleid, und sie ging zu einem Topf, der über einem offenen Feuer hing. Die Gestalt kam Matt irgendwie bekannt vor. Das sah doch aus wie …

»Hey, ist das nicht Li-Lian?«, fragte Ben verblüfft.

»Ja, sie ist es!«, bestätigte auch Olivier.

Sie waren zu weit weg, um das Gesicht des Mädchens zu erkennen. Trotzdem war sich Matt sicher, dass dort drüben Changs Enkelin stand: Ihr aufrechter Gang, ihre zierliche Figur und die entschlossene Haltung ihrer Schultern waren einfach unverwechselbar. Sie hatte ihnen damals geholfen,

als sie gemeinsam mit Meister Chang gegen Sang und seine Bande kämpften – sechs gefährliche Männer, die ihre Gegner aus lauter Geldgier am liebsten umgebracht hätten. Mit einigem Unbehagen dachte Matt daran, dass sie Chang seitdem auf den Tod hassten und sich zudem nach wie vor auf freiem Fuß befanden …

Aber es war gut, dass Li-Lian hier war, dachte er. So hatte Chang wenigstens Gesellschaft. Nur … warum hielt er sich überhaupt hier draußen in einer Holzhütte auf?

Und wie sollten sie jetzt noch etwas für ihren Lehrer tun … nachdem er ihnen nur allzu deutlich zu verstehen gegeben hatte, dass er ihre Hilfe nicht benötigte? Matt war immer noch ein wenig verletzt und vor allem sehr verwirrt. Doch dann riss er sich zusammen und sagte energisch: »Kommt, Leute! Ich schätze mal, wir tun besser, was er sagt.«

Ohne ein weiteres Wort zu wechseln, drehten sie sich um und machten sich auf den Heimweg. Der Elektrohund bildete das stumme Schlusslicht.

Matt hatte keine Ahnung, was sie als Nächstes tun sollten. Doch auch wenn er gekränkt und verwirrt war, wusste er ganz genau: Er würde nicht aufgeben können. Dazu schätzte er seinen Lehrer viel zu sehr.

»Das alles ist noch lange nicht vorbei«, sagte er daher zu seinen Freunden, als sie wieder auf die Hauptstraße einbogen. »Chang hat irgendein Geheimnis. Ich habe zwar nicht die geringste Ahnung, warum er sich so merkwürdig verhält. Aber ich finde, wir sollten das herauskriegen!«

Matt lag im Bett und starrte in die Luft. Durchs Fenster konnte er den gelben Vollmond sehen.

Schließlich warf er die Decke zurück und kletterte leise aus dem Bett. Nach den Ereignissen des Tages konnte er sowieso nicht schlafen. Warum also sollte er nicht gleich ein bisschen trainieren? Er hoffte, auf diese Weise wenigstens einen Teil dieser überschüssigen Energie abbauen zu können. Außerdem musste er in Form bleiben: für den Fall, dass er je wieder in die Mannschaft zurückkehren sollte. Wenn er keinen Lärm machte, würde Johnny sicherlich auch nicht aufwachen. Sein Zimmergenosse schlief zum Glück tief und fest: Er lag auf dem Rücken und hatte die Arme links und rechts weggestreckt.

Matt stellte sich in die Mitte des Zimmers und ging in die Ausgangshaltung. Dann übte er einige Bewegungsabläufe: einen unsichtbaren Gegner umkreisen, ein wenig Schattenboxen und zum Schluss ein schneller Kick auf Kopfhöhe. Doch es fühlte sich nicht richtig an. Er war einfach nicht bei der Sache, und es gelang ihm nicht, sich zu konzentrieren.

Na ja, dachte er. Wenigstens zwickte der Muskel in seiner Bauchdecke nur noch ganz wenig. Versuch's einfach noch mal, befahl er sich selbst.

Aber der zweite Anlauf gelang ihm sogar noch weniger: Matt verlor das Gleichgewicht, versuchte sich noch abzufangen – doch er verschätzte sich und krachte auf Johnnys Bett.

Johnny schoss erschrocken hoch.

»Was zum –«, stotterte er und blinzelte Matt verschlafen an. Die Haare standen ihm wild vom Kopf ab. »Matt, was ist los? Schlafwandelst du plötzlich, oder hast du schlecht geträumt?«

»Nein, ich habe nur – ähm – ein bisschen geübt«, sagte Matt und kam sich auf einmal ziemlich dämlich vor.

»Mitten in der Nacht? Bist du wahnsinnig geworden?«

»Nein, ich – ich konnte nicht schlafen, und ich mache mir Sorgen, und –«

Johnny griff nach seiner Brille, die auf dem Nachttisch lag, und setzte sich auf. »Okay, dann erzähl mir besser mal, was los ist«, sagte er und sah Matt geduldig an.

Matt setzte sich ans Fußende von Johnnys Bett. »Du hast doch mitbekommen, dass Chang entlassen ist und dass ich meinen Platz im Team verloren habe?«

»Ja, das ist alles ziemlich übel, oder?!«

»Genau. Und weißt du … ich habe irgendwie nie damit gerechnet, dass mir das passieren könnte.« Matt sah nachdenklich auf die Bettdecke. »Ich hatte das sichere Gefühl dahin zu gehören. Klar, es bringt nichts, deshalb rumzujammern, aber – nun ja, es ist einfach alles so merkwürdig. Nicht nur wegen Ryan und Changs Entlassung. Irgendetwas stimmt nicht mit Meister Chang, bloß … er will uns einfach nichts verraten. Ehrlich gesagt weiß ich auch nicht, ob ich es ohne Changs Hilfe je wieder in die Mannschaft schaffe!«

Johnny hörte ihm nachdenklich zu und nickte mitfühlend.

»Ja, so etwas ist schon ziemlich hart. Weißt du, damals an meiner alten Schule, da bin ich auch mal an den Ausscheidungskämpfen fürs Basketballteam gescheitert. Das hat mich echt mitgenommen … vor allem, weil ich immer gedacht hatte, ich sei recht gut. Das ist schwer zu erklären, aber das ist einfach mein Sport.«

»Und wie bist du dann drüber weggekommen?«

»Ich hatte ja keine andere Wahl. Es ist passiert, und man

muss halt damit zurechtkommen. Mir wurde klar, dass der Trainer wirklich nur die besten Spieler ins Team genommen hatte. Also bin ich zu den Spielen gegangen und habe unsere Mannschaft angefeuert. Ja, und in der Zwischenzeit habe ich weiter geübt, und vielleicht habe ich es genau deswegen gleich ins Team der Akademie Peking geschafft. Verstehst du, was ich meine? Ich glaube, es gibt für alles einen guten Grund.«

»Für alles?« Matt war nicht so ganz überzeugt.

»Na ja, nicht für *alles* ...«, lenkte Johnny ein. »Aber oft merkt man eben erst später, wozu eine Sache am Ende doch gut war.« Grinsend fügte er hinzu: »Am Ende *profitierst* du noch davon, dass du jetzt aus dem Team ausgeschieden bist. Es könnte dir ja wie mir gehen, und es spornt dich an oder so. Und auch dafür, dass Chang weggegangen ist, gibt es garantiert einen guten Grund!«

»Hm ... nur welchen?«, murmelte Matt.

»Wer weiß? Vielleicht kannst du es ja herausfinden.« Johnny zog sich die Decke um die Schultern.

»Da könntest du recht haben«, erwiderte Matt und boxte seinen Zimmergenossen freundschaftlich gegen den Arm. »Du bist echt ein schlaues Kerlchen, Johnny.«

»Ja, klar!« Johnny lachte.

»Dann kriech ich jetzt besser mal wieder ins Bett«, meinte Matt und stand auf.

»Nein«, entgegnete Johnny da zu seiner Verwunderung. »Du trainierst jetzt erst noch mal. Und streng dich diesmal gefälligst an!«

»Okay, Boss«, brummte Matt und baute sich in der Mitte des Zimmers auf. Diesmal entschied er sich für die offene Haltung, die Chang ihnen kürzlich beigebracht hatte: Füße, Knie, Hüften, Ellenbogen und Schultern zeigten nach vorne. Er entspannte seine Muskeln. Dann stellte er sich vor, es gäbe eine unsichtbare Linie, ein schmales Zielband, auf das er seine ganze Kraft konzentrieren würde. Er verlagerte das Gewicht, sodass es vor allem auf dem hinteren Fuß ruhte.

Dann legte er los.

Er bewegte sich schnell und zielstrebig nach vorn: blocken, blocken, Schlag, Schlag, KICK! Diesmal fühlte es sich gut an: Es fühlte sich *richtig* an! Jeder Hieb traf die imaginäre Mittellinie. Wenn sich dort ein Gegner befunden hätte, wäre der glatt umgenietet worden.

Johnny ahmte flüsternd das Jubeln der Menge nach. »Wow!«, staunte er. »Das war klasse!«

Matt verbeugte sich mit einem breiten Grinsen. Jetzt ging es ihm schon viel besser! Zufrieden krabbelte er zurück ins Bett. Doch bevor er einschlief, gab er sich selbst ein Versprechen: Ich werde nicht nur herausfinden, weshalb Chang gegangen ist, dachte er. Ich werde ihn auch hierher zurückholen!

Am nächsten Tag musste Matt eine Erdkundestunde ohne seine Freunde durchstehen: Das Kampfsportteam hatte eine extra lange Trainingseinheit, die sich über den Vormittag hinzog. Auch noch in der Mittagspause saß Matt allein an einem Tisch in der Mensa. Er aß Hühnchenpfanne mit Reis und überlegte, wie er Chang wieder zurückholen konnte.

»Sensei Ryan ist echt total cool!«, ertönte da Carl Warricks laute, selbstbewusste Stimme. Er saß mit dem Rücken zu Matt am Nachbartisch, zusammen mit seinen beiden Kumpels Miles und Roger. Matt spitzte die Ohren. Vielleicht schnappte er ja etwas Interessantes über Ryan auf!

»Wir hatten eben wieder Training bei ihm«, fuhr Carl fort. »Er nimmt uns echt hart ran. Da konnten natürlich nicht alle mithalten! Ein paar mussten deswegen länger bleiben und noch extra Liegestütze als Strafe machen. Klar, für mich war das ein Kinderspiel, aber manche im Team sind dermaßen schlecht in Form, das *könnt* ihr euch nicht vorstellen!«

Nicht schon wieder diese Leier!, dachte Matt genervt und wünschte sich mehr denn je, dass Olivier da wäre: Er würde Carl nachäffen und ruck, zuck von seinem hohen Ross herunterholen.

»Also, unser neuer Trainer ist echt tausendmal besser als dieser Spinner Chang! Der ist von hier aus garantiert direkt in die Klapse gewandert, wenn ihr mich fragt!«

Über diesen Kommentar mussten Miles und Roger so sehr lachen, dass sie kaum noch Luft bekamen. Matt biss sich wütend auf die Lippe, riss sich aber zusammen und hörte weiter zu.

»Und wisst ihr was?«, berichtete Carl jetzt aufgeregt. »Ich habe zufällig mitgehört, wie Ryan nach dem Training telefoniert hat. Ratet mal, was er da gesagt hat!«

»Woher soll ich das denn wissen?«, meinte Miles gleichgültig.

»Er hat gesagt, er wird demnächst jemanden mit einem kräftigen Tritt von der großen Brücke befördern!«

Jemanden von der großen Brücke befördern? Matts Gehirn begann sofort, fieberhaft zu arbeiten. Was konnte Ryan damit wohl gemeint haben?

Carl hatte da anscheinend schon eine Idee: »Ich schätze mal«, sagte er und lächelte breit, »Ryan wird uns draußen in den Anlagen der Akademie Runden über diese Brücke dort laufen lassen. Da haben wir früher auch schon trainiert. Ich glaube, er wird uns da so richtig in die Mangel nehmen, und wer nicht mithalten kann, kriegt einen Tritt!« Carl lachte. »Für mich wird das überhaupt kein Problem sein. Aber es wird bestimmt sehr witzig sein, zu sehen, was mit diesen anderen Schwächlingen passiert!«

Matt schüttelte unwillkürlich den Kopf: Diese Erklärung ergab überhaupt keinen Sinn! Außerdem war die Brücke draußen im Garten besonders klein. Aber was für große Brücken gab es denn überhaupt in Peking? Gut, es wimmelte nur so von Straßenbrücken …

Da ertönte hinter ihm eine vertraute Stimme: »Hallo, Matt!«

Matt drehte sich erfreut um: »Hi, Leute!«, begrüßte er Catarina und die beiden Jungs, die sich jetzt zu ihm an den Tisch setzten. »Wie war das Training?«

Ben ächzte gequält und wollte gerade antworten, als Carl sich zu ihnen umdrehte: »Ach, ihr seid's«, sagte er herablassend. »Na, haben die fünfzig extra Liegestütze Spaß gemacht?«

Miles und Roger kicherten.

»Ich weiß gar nicht, was es da zu lachen gibt«, fuhr Catarina die beiden an. »Gerade ihr zwei würdet es doch nie im Leben ins Team schaffen!«

»Ja, ja, nicht jeder ist für so etwas geschaffen. Matt ja ganz offensichtlich auch nicht«, meinte Carl mit geheucheltem Mitleid. »Ryan wird ihn nie wieder aufnehmen, so viel steht fest.« Und mit diesen Worten stand er auf, stellte sich vor Matt und fuchtelte mit einigen übertriebenen Karate-Handbewegungen vor Matts Gesicht herum.

Matt jedoch zuckte nicht mal mit der Wimper. Ihm fiel wieder ein, was Chang gesagt hatte: *Der einfache Fisch schnappt nach dem Köder, doch der weise alte Karpfen ist schlauer.* Wenn er jetzt cool blieb, würde er Carl vielleicht noch ein paar Informationen zu Ryans seltsamen Telefongespräch entlocken können.

»Ach, hör schon auf mit dem Blödsinn, Carl«, sagte er deswegen lässig. »Aber sag mal, hat Ryan bei diesem Telefongespräch nur von der großen Brücke erzählt, oder hat er da noch irgendwas anderes erwähnt? Chang zum Beispiel?«

»Oho, hat da jemand unser Gespräch belauscht?« Carl sah Matt hämisch an. »Ist dir schon soo langweilig, Loser? Ehrlich

gesagt verstehe ich deine Frage auch nicht ganz: Warum sollte Ryan seine Zeit damit vergeuden, über den verrückten Chang zu reden? Der ist doch sowieso weg vom Fenster.« Carl ließ die Hand wie ein Beil durch die Luft sausen.

»Chang ist nicht weg vom Fenster! Und Ryan kann ihm nicht das Wasser reichen!« Olivier sah aus, als würde er gleich vor Wut platzen, und wollte schon von seinem Stuhl aufspringen. Doch Matt legte seinem Freund besänftigend die Hand auf die Schulter.

»Klar, Chang ist Schnee von gestern!«, höhnte Carl. »Und Ryan ist viel besser, als der jemals war. Sensei Ryan ist ein richtig harter Typ: Schaut ihm mal in die Augen, dann wisst ihr, was ich meine. Und soll ich euch was verraten? Er hat demnächst einen Kampf – einen echten, kein Turnier! Anscheinend hat er irgendeinen anderen asiatischen Kämpfer herausgefordert.«

Das ist ja mal interessant!, dachte Matt.

»Ryan hat einen richtigen Herausforderungskampf vor sich?«, hakte er nach. »Woher willst du das wissen?«

»Ach, ich – Er hat das am Telefon erwähnt«, erwiderte Carl, und seine Wangen röteten sich ein wenig. »Das habe ich zufällig mitgekriegt.«

Das ist schon die zweite Information, die Carl *zufällig* mitgehört hat, dachte Matt. Offensichtlich hing Carl diesem Mann förmlich an den Lippen. Umso besser! Auf diese Weise konnte Matt noch mehr erfahren.

»Dieser Kampf – gegen wen kämpft er da? Hat er das gesagt?«

»Gegen einen Kung-Fu-Spezialisten«, erwiderte Carl mit wichtiger Miene.

Kung-Fu?, dachte Matt erschrocken. Das war Changs Hauptdisziplin – auch wenn er in anderen asiatischen Kampfsportarten ebenfalls ein Experte war.

»Das klingt für mich ein bisschen lächerlich«, bemerkte Olivier. »Er verabredet sich per Handy zu einem Zweikampf? Wie alt ist er denn? Dreizehn?«

»Na und?«, verteidigte Carl den neuen Trainer. »Wenigstens ist er so mutig, seinem Gegner in einem echten Kampf gegenüberzutreten! Chang würde das nie machen, für so etwas fehlt ihm hundertprozentig der Mumm!«

»Och, wahrscheinlich hat Ryan sich jemand Schwächeren ausgesucht. Jemanden, bei dem er kein Risiko eingeht«, stichelte Matt. Er hoffte, noch mehr Informationen aus Carl herauszulocken, wenn er ihn ein bisschen provozierte. »Sein

Gegner ist garantiert irgendeine Null, irgendjemand, der noch nicht mal einen schwarzen Gürtel besitzt –«

»Nun, da täuschst du dich gewaltig«, unterbrach ihn Carl, der vor Ärger einen knallroten Kopf bekommen hatte. »Ryan hat nämlich gesagt, dass dieser andere Typ ein Kung-Fu-Spezialist von internationalem Ruf ist. Außerdem macht der auch noch andere Kampfsportarten. Ryan ist aber trotzdem überzeugt, dass er ihn locker schlagen kann!«

Internationaler Ruf ... andere Kampfsportarten außer Kung-Fu ... Es könnte sich wirklich um Chang handeln, dachte Matt. Auf einmal sah er seinen Lehrer wieder vor sich, wie er bei ihrer letzten Begegnung am Hügel gestanden hatte. Mit leicht zerzausten Haaren, hinter ihm der See mit der großen, geschwungenen Brücke ...

In Matts Hirn machte es plötzlich Klick.

»Das ist es!« Er schlug mit der Faust auf den Tisch, worauf alle erschrocken zusammenzuckten und ihn verwundert ansahen. »Jetzt wird mir so einiges klar!«

Catarina sah ihn neugierig an. »Was denn?«

Aber Matt schüttelte den Kopf. Er wollte nicht darüber reden, solange Carl und seine Kumpanen noch in der Nähe waren. »Nichts Wichtiges.«

»Völlig bekloppt, der Junge!« Carl zeigte mit dem Finger zuerst auf Matt und tippte sich dann an die Stirn. Miles und Roger kicherten wieder in sich hinein, während sie sich die letzten Bissen ihres Mittagessens in den Mund schoben.

Matt tat, als hätte er Carls letzte Bemerkung nicht gehört. »Wann soll dieser Kampf denn stattfinden?«, fragte er beiläufig. »… falls die Geschichte überhaupt stimmt …«

»Worauf du einen lassen kannst. Das Ganze ist nämlich für heute Nachmittag geplant – zumindest habe ich Ryan das sagen hören. Jetzt wisst ihr also, was für ein Kaliber Ryan ist. Ein echter Kämpfer, keine Lusche wie der alte Chang!«

Carl sprang auf und vollführte eine kleine Schattenbox-Einlage, die wohl Ryans Stil nachahmen sollte. Dann stürmte er aus der Mensa, gefolgt von seinen beiden Freunden.

»Ich glaube, ich weiß, gegen wen Ryan da kämpft«, sagte Matt leise.

Die Tangshan Tiger schauten ihn fragend an und drängten sich um den Tisch. »Gegen wen denn?«

»Chang«, antwortete Matt mit fester Stimme.

»Wie bitte?«, rief Ben.

»Du machst wohl Witze!« Catarina sah ihn ungläubig an.

»Chang ist Kung-Fu-Großmeister von internationalem Ruf«,

ratterte Matt los. »Er beherrscht noch andere Kampfsportarten, und außerdem –«

»Ja, ja«, unterbrach ihn Ben ungeduldig. »Aber da ist er nun wirklich nicht der Einzige.«

»Das nicht«, gab Matt zu. »Nur … bevor ihr gekommen seid, hat Carl noch etwas von einer großen Brücke erzählt. Dort will Ryan sich anscheinend mit jemandem treffen. Das muss die Brücke beim *Kunming-See* sein – ihr wisst schon: die mit den vielen Bögen bei Changs Hütte! Die war riesig!«

»Hm …«, meinte Ben skeptisch. »Ryan soll also Chang herausgefordert haben? Zu einem Kampf auf dieser Brücke?«

»Warum nicht? Es passt doch einfach alles zusammen!«

Matt war inzwischen überzeugt, dass es sich nur um Chang handeln konnte. Er stand auf und ging zu einem der riesigen Fenster hinüber. Ganz in der Ferne konnte Matt den Palast und seine Gärten erahnen. Würde dort bald ein Kampf stattfinden? Falls ja, dann mussten die Tangshan Tiger vor Chang Sifu dort sein. Sie durften ihren Lehrer in dieser Situation nicht alleine lassen!

Doch Ben glaubte ihm nicht so recht: »Unsinn!«, rief er Matt zu. »So etwas Bescheuertes würde Chang nie tun! Chang Sifu ist keiner, der sich auf der Straße rumprügelt!«

Matt fuhr herum. »Und wenn Chang noch gar nichts davon *weiß*? Vielleicht plant Ryan einen Überraschungsangriff! Und dann bleibt Chang doch gar nichts anderes übrig, als sich zu verteidigen!«

»Okay, okay«, schaltete sich Catarina besänftigend ein. »Mal angenommen, du hast recht. Was sollen wir dann tun?«

»Wir müssen Chang so schnell wie möglich warnen. Wenn der Kampf heute Nachmittag stattfinden soll und er wirklich noch nichts ahnt, dann ...«

»... dann müssen wir wieder zu diesem Hügel«, ergänzte Ben.

»Genau. Wir müssen zum *Longevity-Hügel.*« Matt sah seine Freunde ernst an. »Und zwar am besten jetzt sofort!«

Kapitel 6

Dunkle Gestalten

Es braute sich ein Gewitter zusammen: Auf dem *Longevity-Hügel* wehte ein heftiger Wind, schwarze Wolken hingen tief am Himmel, und Matt vernahm von Zeit zu Zeit ein unheilvolles Donnergrollen. Es regnete bereits in Strömen, und so rannten die Tangshan Tiger, so schnell sie nur konnten, über das nasse Gras zu Changs Hütte.

Sie war leer.

Die Tür war bloß angelehnt, so als hätte Chang die Behausung in aller Eile verlassen. Durch den Spalt konnte Matt einen Blick auf den sauberen, aber kahlen Innenraum erhaschen: zwei Betten, ein Tisch, zwei Stühle. Vor der Hütte – dort, wo Li-Lian gekocht hatte – war nur kalte graue Asche: von Chang und Li-Lian weit und breit keine Spur.

»Vielleicht sind sie ja einfach nur kurz unterwegs – einkaufen oder so«, schlug Olivier vor.

»Oder sie sind ganz in der Nähe«, meinte Catarina. »Ich

schau mal, ob ich von oben mehr sehe.« Sie packte einen der hervorstehenden Balken unter dem Dach und schwang ihre langen Beine hinauf. Kurz darauf stand sie oben und blickte angestrengt in die Ferne.

»Nicht schlecht, Catarina!« Matt pfiff anerkennend durch die Zähne. »Aber kannst du denn bei dem Wetter irgendwas sehen?«

Catarina ließ den Blick über die Umgebung schweifen. »Ja, da unten auf der Brücke sind Leute!«

Jetzt sahen es auch die anderen drei: An den gegenüberliegenden Enden der Brücke stand jeweils eine Person. Die eine trug Schwarz, die andere Weiß. Die Gestalt in Schwarz hatte einen kahl rasierten Schädel, die in Weiß dunklere Haare. Matts Herz klopfte aufgeregt, als er begriff, wer die beiden waren.

»Ich fasse es nicht. Das sind wirklich Chang und Ryan!«, rief nun auch Ben.

Jetzt setzten sich die beiden Personen dort unten langsam in Bewegung und gingen gemessenen Schrittes aufeinander zu.

»Schnell! Wir müssen da hin!«, drängte Matt.

»Meinst du echt, dass wir den Kampf verhindern sollten?«,

fragte Olivier. »Ich meine, es kann doch gut sein, dass Chang sich dazu bereit erklärt hat …«

»Ja, aber ich finde, wir sollten zumindest dafür sorgen, dass fair gekämpft wird«, erwiderte Matt. »Ich bin mir ganz sicher, dass die Drago-Sippe hinter all dem steckt!«

»Wie kommst du jetzt da drauf?«, fragte Olivier verblüfft.

»Nur so ein Gefühl. Ich meine, die haben ja anscheinend Ryan in die Akademie geschleust und Chang vertrieben. Und wer weiß – möglicherweise reicht ihnen das nicht, und die arbeiten mit noch viel mieseren Tricks!«

»Okay.« Catarina sprang vom Dach und landete geschmeidig wie eine Katze am Boden. »Dann nichts wie runter! Vielleicht können wir ja wirklich was tun«, und schon sauste sie den matschigen Hügel hinab.

Die Jungs folgten ihr dicht auf den Fersen, holten Catarina allerdings erst ganz unten ein: am Eingangstor zum Gelände des *Sommerpalastes*.

Hier wurden sie von einem Wachmann in Militäruniform abgefangen. Er war recht klein, hatte einen zotteligen Schnurrbart und trug eine Schirmmütze. Als die vier Freunde nahten, hob er abwehrend die Hand: »Es tut mir leid, aber die Palastanlagen sind jetzt für Besucher geschlossen!«

Matt spürte Verzweiflung in sich aufsteigen. Sie mussten unbedingt auf das Gelände, bevor dort der Kampf anfing!

»Aber unten auf der Brücke sind doch noch Leute«, wandte er ein und sah den Wachmann bittend an. »Wir haben sie eben gesehen.«

»Kein Einlass nach sechzehn Uhr.« Der Wachmann klang richtig zufrieden. »Die Anlagen schließen nämlich um siebzehn Uhr.«

»Können wir dann nicht einfach noch bis fünf rein? Wir wollen auch gar nicht lange bleiben.«

Der Wachmann schob mit einer übertriebenen Geste seinen Ärmel zurück und studierte seine Armbanduhr. »Fünf nach vier. Kein Eintritt nach sechzehn Uhr.«

Die Tangshan Tiger sahen sich nervös an. Möglicherweise begannen Chang und Ryan gerade in dieser Minute ihren Kampf –

Da leuchteten Catarinas Augen plötzlich auf. »Ich habe eine Idee«, murmelte sie, an die Tiger gewandt. »He, Mr Wachmann«, rief sie dann. »Schauen Sie mal her!«

Sie schlug einige Räder und Flickflacks den Schotterweg zum Eingangstor hinunter. Der Wachmann sah ihr staunend zu. Dann sprang sie auf eine hohe Steinmauer hinauf, auf de-

ren anderer Seite das Gelände steil abfiel. Dort setzte sie ihre Vorführung fort.

»Nicht doch!«, rief der Wärter. »Die Mauer ist nass, du könntest ausrutschen – komm da sofort herunter!«

»Sehr unwahrscheinlich!« Catarina schlug einen beeindruckenden Salto.

Erschrocken verließ der Wachmann seinen Posten und rannte zu ihr hinüber. Die Tangshan Tiger sahen sich an: Das war ihre Chance! Wie auf Kommando stürmten sie durch das Tor aufs Gelände des *Sommerpalastes*.

»Die gute alte Catarina!«, meinte Ben grinsend.

»Ja, sie ist echt unglaublich!« Matt war auf einmal richtig fröhlich, während sie übers nasse, rutschige Gras auf den See und die große Brücke zurannten.

Inzwischen konnte er auch Chang und Ryan deutlich erkennen. Sie waren jetzt nur noch ein paar Schritte voneinander entfernt. Sonst war weit und breit niemand zu sehen. Vermutlich hatte der heftige Regen die Touristen vertrieben. Matt warf einen Blick über die Schulter und sah, dass Catarina dem Wachmann entwischt war und nun ebenfalls in Richtung Brücke rannte. Der Wärter verfolgte sie einige Meter lang, doch dann gab er auf.

Gemeinsam rannten die vier Tangshan Tiger nun die Brücke hinauf. Chang und Ryan standen einander reglos gegenüber und musterten sich schweigend.

Chang Sifu stand mit dem Rücken zu ihnen.

»Sifu«, rief Matt. »Ist – ist alles in Ordnung?«

Ohne sich umzudrehen, rief ihr Lehrer zurück: »Bleibt, wo ihr seid.«

»Ja, haltet euch da raus!«, zischte Ryan. »Das hier geht euch überhaupt nichts an. Zurück in die Schule mit euch!«

»Nein!«, widersprach Matt. »Zuerst wollen wir wissen, was hier vor sich geht.«

»Das kann ich euch sagen«, erwiderte Ryan. »Ich werde gegen euren Lehrer kämpfen. Und ich werde gewinnen. Das wird ziemlich unschön. Wenn ihr also unbedingt bleiben wollt, dann rate ich euch, wegzuschauen.«

»Aber warum?«, platzte es aus Matt heraus. »Warum wollen Sie gegen Meister Chang kämpfen?«

Einen Augenblick lang schien Ryan nicht mehr ganz so selbstsicher. Sein Blick wich dem von Matt aus, und auf seinem Gesicht und Hals machten sich hektische rote Flecken breit: Er sah aus wie jemand, der sich gar nicht wohl in seiner Haut fühlt und ein schlechtes Gewissen hat.

»*Sie* möchten kämpfen«, schaltete sich da Chang ein. »Ich jedoch nicht. Ich bin hierhergekommen, um zu reden.«

Ryan sah Chang verächtlich an. »Hast du etwa Angst?«, meinte er höhnisch. Er war nun wieder ganz der Alte: selbstbewusst und arrogant.

Aber Chang ließ sich nicht provozieren. »Ich habe keinen Grund, gegen Sie zu kämpfen«, sagte er ruhig.

»Den wirst du gleich haben. Und dann wird es für dich um alles gehen: deine Ehre, deinen Ruf – dein Leben!«

Chang sah ihn gelassen an: »Das bezweifle ich.«

Doch nun begann Ryan, drohend um Chang herumzutänzeln. Chang ließ seinen Gegner nicht aus den Augen und bewegte sich beinahe unmerklich mit.

»Du kommst da nicht raus, Alter«, zischte Ryan. »Man hat mir gutes Geld gezahlt, damit ich gegen dich kämpfe. Also werde ich genau das tun: kämpfen und gewinnen.«

Ich hatte also doch recht!, dachte Matt. Er wird dafür bezahlt, das hier zu tun – und ich wette, Drago hat ihn extra angeheuert!

»Geld sollte keine Versuchung darstellen, für keinen von uns«, sagte Chang unbeirrt. »Möge allein die Ehre uns leiten.«

Ryans Kopf war inzwischen hochrot.

»Genug!«, brüllte er und vollführte einen Karate-Kick gegen einen steinernen Löwen seitlich an der Brücke. Sein Fuß traf das Ziel mit solcher Wucht, dass der Kopf des Löwen glatt abbrach und mit einem Platschen ins Wasser des Sees fiel.

Matt war sprachlos. Wenn Ryan schon eine steinerne Figur so zurichtete, was konnte er dann einem Menschen aus Fleisch und Blut antun?

»Los, Chang, jetzt wird gekämpft!«, knurrte Ryan.

Er hörte auf, Chang zu umrunden, und ging stattdessen direkt zum Angriff über.

Matt sah, wie nun auch Chang seine Haltung veränderte. Er hielt die Schultern gerade und ging in Schrittstellung, wobei sein Gewicht auf dem hinteren Bein ruhte. Seine Füße, Hüften und Arme waren allesamt nach vorne ausgerichtet: auf die unsichtbare Mittellinie zwischen sich selbst und seinem Gegner.

Chang würde kämpfen.

Ein Blitz erleuchtete den Himmel, und fast direkt darauf folgte ein heftiger Donnerschlag: von einer Lautstärke, als hätte es den Himmel glatt entzweigerissen.

Ryan verlor keine Zeit. Er holte zu einem hohen, seitlichen Kick aus, der direkt auf Changs Kinn zielte.

Mit einer minimalen Bewegung drehte Chang seinen Körper um fünfundvierzig Grad – und Ryans Kick traf ins Leere.

Matt bemerkte, dass Chang seine offene Frontalposition beibehielt und dadurch Ryans Vorstöße besser unter Kontrolle hatte. Ja, er drängte Ryan sogar einen Schritt zurück!

Ryan wirbelte herum und versuchte sein Glück erneut: diesmal mit einer schnellen Abfolge von Kicks in Richtung von Changs Kopf, Brust, Bauch und Leistengegend. Chang wich auch diesen Kicks haarscharf aus, indem er sich ganz leicht nach links und rechts drehte. Ryan war wirklich unglaublich schnell. Aber Changs Bewegungen ließen die wütenden Attacken des anderen grob und ungeschickt wirken.

Mehrmals schien sich für Chang eine Gelegenheit zum Gegenangriff zu bieten. Komm schon, drängte Matt seinen Lehrer in Gedanken. Schlag zu! Zeig's ihm!

Doch Chang Sifu tat nichts dergleichen, und seine Arme hingen locker herunter.

Jetzt veränderte Ryan seine Taktik. Statt der Kicks versuchte er es nun mit einer Reihe von Handkantenschlägen und Fausthieben aus nächster Nähe.

Erst jetzt setzte auch Chang seine Arme ein, um Ryans Angriffe abzuwehren: Aber dies tat er ebenfalls geschickt und ohne Energie zu verschwenden. Die Kraft von Ryans Schlägen hingegen schien einfach zu verpuffen.

Chang gab die ganze Zeit keinen Laut von sich, Ryan jedoch sparte nicht mit giftigen Bemerkungen: »Du kannst das nicht mehr lange durchhalten!«, schnaufte er. »Du weißt genau, dass ich dich früher oder später erwischen werde – und das wird wehtun!« Mit diesen Worten ließ er unvermittelt einen Hagel von Schlägen los.

Chang entschärfte die Attacke rasch, indem er die Schläge mit beiden Händen abblockte. Ryan verlor dabei fast das Gleichgewicht und war den Bruchteil einer Sekunde damit beschäftigt, sich erst wieder fangen. Ohne Probleme hätte Chang in diesem Moment einen Gegenangriff mit einem Kick oder Schlag landen können. Stattdessen versetzte er Ryan lediglich einen Stoß gegen die Schulter, sodass dieser sich halb umdrehen musste und ein paar Schritte nach hinten stolperte.

»Warum kämpfst du nicht richtig?«, knurrte Ryan erbost. »Du kämpfst wie ein Mädchen!«

Matt sah, wie Catarina die Lippen fest zusammenpresste.

»Was ist?«, versuchte Ryan, seinen Gegner zu provozieren. »Hast du Angst, dir eine Blöße zu geben, wenn du's wagst? Ich dachte, du bist ein Krieger!«

»Sie wissen doch gar nicht, was es heißt, ein Krieger zu sein«, erwiderte Chang leise.

Ryans Pupillen weiteten sich vor Zorn, und im nächsten Moment setzte er zu einem weiteren Angriff an: einer Kombination aus wütenden Tritten und Handkantenschlägen.

Matt riss bei diesem Anblick die Augen auf. Chang konnte seinem Gegner doch bestimmt nicht die ganze Zeit ausweichen, oder?

Ben wurde wohl auch langsam nervös: »Wir müssen etwas tun«, rief er. »Ich kann da nicht länger tatenlos zusehen!«

Er wollte schon losspurten, um Chang zu Hilfe zu eilen.

Matt hielt ihn jedoch am Arm fest: »Nein, Ben! Chang hat gesagt, wir sollen uns da raushalten.«

»Du willst dich von einer Horde Kinder beschützen lassen, was?«, höhnte Ryan auch prompt.

»Hört zu«, sagte Matt da leise. »Ich habe eine andere Idee. Einer von uns sollte Li-Lian suchen. Falls die Dinge sich hier verschlimmern, werden wir Hilfe brauchen.«

»Ich mach das!« Catarina rannte sofort los.

Ein weiterer Blitz durchzuckte den Himmel, dicht gefolgt von Donner. Changs und Ryans Anzüge waren völlig durchnässt und klebten ihnen am Körper.

Ryan ließ immer noch nicht locker, und da passierte es: Er durchbrach Changs Abwehr mit einem Zwei-Finger-Stoß in Richtung Augen. Chang drehte sich um den Bruchteil einer Sekunde zu spät zur Seite: Ein Finger streifte sein Ziel nur, doch der andere traf ihn mit voller Wucht ins Auge.

»Oh nein!«, rief Matt erschrocken.

Chang wich zurück. Eine Hand presste er gegen das verletzte Auge, mit der anderen versuchte er weiterhin, Ryan abzuwehren.

Ein gemeines Lächeln umspielte Ryans Lippen. Nun hatte er die Oberhand, und er war sich dessen sehr wohl bewusst.

»Das geht jetzt wirklich zu weit!« Olivier war ganz außer sich. »Wir müssen etwas unternehmen. Können wir nicht die Polizei rufen?«

»Kein Problem.« Ben zog sein Handy aus der Tasche. »Ich habe alle Notfallnummern gespeichert –«

»Nicht, Ben! Polizei ist nicht nötig«, rief Chang, der immer noch versuchte, sich mit einem Arm gegen Ryan zu wehren.

»Bis die hier ankommen, wird es sowieso zu spät sein«, meinte Ryan grimmig. »Ihr solltet besser gleich einen Krankenwagen rufen.«

Er schlug Changs Arm beiseite und landete einen Kick gegen dessen Brustkorb. Chang stöhnte auf, aber schon holte Ryan zu einem weiteren Tritt aus: Diesmal zielte er auf die Leistengegend. Obwohl er halb blind war, nahm Chang die Bewegung noch rechtzeitig wahr und konnte sich diesmal zur Seite wegdrehen. So traf die volle Wucht des Schlags stattdessen die Hüfte. Er schwankte, verlor weiter an Boden – Ryan hingegen gewann immer mehr die Oberhand: Inzwischen hatte er Chang nämlich gefährlich dicht an den Brückenrand gedrängt.

Die Einfassung am Brückenrand war sehr niedrig. Ein einziger entschlossener Angriff würde genügen, um Chang die Brücke hinunterzustürzen. Die Oberfläche des Sees lag ein gutes Stück unter der Brücke, und das Wasser war sehr flach – ein Sturz von hier oben wäre extrem gefährlich.

Ryan setzte zu einem weiteren Tritt gegen Changs blinde Seite an. Er traf ihn an der Brust und katapultierte ihn damit rücklings gegen das Brückengeländer.

Wie soll Chang denn jetzt noch richtig kämpfen?, dachte Matt verzweifelt. Er sieht doch fast nichts mehr! Da nahm Chang die Hand aus dem Gesicht, und Matt zuckte erschrocken zusammen: Das Auge war knallrot und komplett zugeschwollen!

In dem Moment warf sich Ryan in einem letzten, entschlossenen Angriff auf seinen Gegner. Chang reagierte blitzschnell: Er verbreiterte seine Beinstellung ein wenig, um einen besseren Stand zu haben, blockte den Schlag geschickt ab und drückte dabei Ryans Arm nach oben weg. Dann warf er sich nach vorne und packte Ryan in einem engen Nackengriff.

Matt erkannte sofort, wie clever Changs Taktik war: Halb blind, wie er war, konnte er Ryan in einem aufrechten Kampf nicht standhalten und würde mit Sicherheit verlieren. In der Nähe jedoch war seine Verletzung kein ernstliches Hindernis mehr, und Ryan war damit nicht mehr im Vorteil.

Tatsächlich war Ryan durch diesen Gegenangriff völlig überrumpelt. Wie wild versuchte er, sich aus Changs Haltegriff zu befreien und ihn umzuwerfen.

Doch da Chang seinen Körperschwerpunkt nach unten verlagert hatte und weiterhin breitbeinig dastand, hatte er die bessere Ausgangsposition. Seine ganze Kraft und Energie war auf die Längsachse konzentriert: jene unsichtbare Linie zwischen ihm selbst und Ryans Körper. Und obwohl Ryan größer und schwerer war, schob Chang ihn nun Stück für Stück nach hinten. Mit der freien Hand boxte Ryan seinen Gegner unablässig in die Seite. Chang schien das jedoch kaum zu beeindrucken, und er hakte nun ein Bein hinter dem von Ryan ein und brachte ihn damit zu Fall. Noch im Fallen veränderte Chang seinen Griff so, dass Ryan in der Luft gedreht wurde: So schlug er mit voller Wucht und mit dem Gesicht nach unten auf dem Boden auf – und schon landete Chang auf seinem Rücken.

Ryan gab jedoch nicht auf und versuchte voller Zorn, Chang abzuschütteln. Dieser drehte ihm sicherheitshalber den Arm auf den Rücken und hielt ihn dort fest. Ryan winselte vor Schmerz.

»Ich möchte dir nur ungern den Arm brechen«, sagte Chang. »Also zwing mich nicht dazu.«

Schließlich gab Ryan seinen Widerstand auf.

Zitternd stieß Matt einen Seufzer der Erleichterung aus. Der Kampf war vorbei.

Er und die beiden anderen Jungs näherten sich den Männern. »Sifu – geht es ihnen gut?«, erkundigte sich Ben.

Chang sah die Tangshan Tiger an. »Es wird schon gehen.«

Matts Blick fiel auf Sensei Ryan, der immer noch bäuchlings auf dem Boden lag, den Arm in Changs schraubstockartigem Griff: »Und?«, fragte er. »Wie viel hat Ihnen Drago hierfür gezahlt?«

»Drago?«, murmelte Ryan verwundert. »Das hatte mit Drago nichts zu tun.«

»Ach, nun kommen Sie schon!« So leicht ließ Matt sich nicht abschütteln. »Für wie dumm halten Sie uns denn? Wir wissen, dass es Drago war, der –«

»Ihr seid aber wirklich dumm«, grunzte Ryan ungeduldig. »Glaubt ihr tatsächlich, ich würde mir von jemandem wie Drago irgendetwas befehlen lassen oder Geld von ihm annehmen? Ich wünschte, ich hätte nie … Ich wurde dafür bezahlt, Meister Chang im Kampf herauszufordern, und zwar im Auftrag von –«

– wie aus dem Nichts blitzte auf einmal ein blauer Lichtstrahl auf und traf Ryan direkt an der Brust.

Chang ließ Ryan sofort los, und schon im nächsten Moment liefen blaue Lichtwellen über Ryans Körper. Er öffnete den Mund, und seine Gliedmaßen zuckten krampfartig. Voller Entsetzen sah Matt, wie die Zuckungen schließlich nachließen, Ryan jedoch leblos zu Boden sackte.

Kapitel 7
Der Kampf im Boot

»Was, zum Henker –«, entfuhr es Ben.

»Ist er etwa von einem Blitz getroffen worden?«, rief Olivier erschrocken.

»Nein, das war kein Blitz. Runter mit euch!«, befahl Chang.

Im selben Moment wurde auch Chang von einem blauen Lichtstrahl getroffen. Sein Körper wurde steif, und er brach unter wilden Zuckungen zusammen.

Die Tangshan Tiger schrien auf und ließen sich zu Boden fallen. Dann hob Matt ängstlich den Kopf und spähte vorsichtig um sich:

Am anderen Ende der Brücke standen drei Männer.

Sie waren alle komplett in Schwarz gekleidet. Einer von ihnen hielt eine seltsame Waffe in der Hand, die wie eine Mischung aus Pistole und Filmkamera aussah. Merkwürdig, dachte Matt. Sie waren so heimlich und leise aufgetaucht wie … wie Schlangen.

Schlangen! Plötzlich fiel Matt die rätselhafte Warnung seines Lehrers ein: *Die Schlange nähert sich leise, aber sie kann tödlich sein.*

Wollte Chang sie gestern schon auf genau diese bedrohliche Situation hier vorbereiten? Aber ... wer waren diese Männer?

»Was ist mit Meister Chang?« Ben starrte seinen Lehrer erschrocken an. »Glaubt ihr, dass er sehr schwer verletzt ist?«

Chang lag auf der Seite, die Knie an die Brust gezogen. Er hatte die Augen geschlossen, und sein Gesicht war wächsern und bleich.

Matt tastete Changs Handgelenk ab. »Ich kann seinen Puls fühlen. Er ist nur ohnmächtig.«

»Der hier auch«, stellte Olivier fest, der nun Ryans Puls überprüfte.

»Diese Typen haben anscheinend mit Elektroschockern oder so was Ähnlichem auf uns geschossen«, meinte Ben. »So ein Ding verpasst dir einen heftigen elektrischen Schlag, der dich für eine ganze Weile ausschalten kann.«

»Was ist passiert?«, erklang in diesem Moment eine ängstliche Stimme.

Li-Lian kam zusammen mit Catarina auf sie zu gerannt.

»Ich habe sie im Supermarkt aufgegabelt«, flüsterte Catarina Matt schnell zu, während Li-Lian sich mit fassungsloser Miene neben ihrem Großvater auf den nassen Boden fallen ließ und seinen Kopf in den Schoß nahm.

»Ich war doch nur mal kurz weg«, jammerte sie und sah Matt und Ben verzweifelt an. »Wie konnte das denn passieren?«

»Jetzt bist du ja da«, sagte Catarina und legte tröstend den Arm um Li-Lian. »Und ich habe nicht den Eindruck, dass du das hier hättest verhindern können.«

»Catarina hat recht«, versuchte nun auch Matt, das verzweifelte Mädchen zu beruhigen. »Es sieht wirklich schlimmer aus, als es ist.«

»Haben sie sich gegenseitig k. o. geschlagen, oder was?« Auch Catarina verstand immer noch nicht so ganz, was hier eigentlich passiert war.

»Nein, nein. Irgendwelche Irren haben ihm einen elektrischen Schock verpasst. Diese Männer da.« Matt zeigte auf die drei Gestalten, die nun entschlossenen Schrittes am Seeufer entlang davonmarschierten. »Ben glaubt, dass sie mit Elektroschockern auf uns geschossen haben.«

Auf einmal sah Matt mehrere Wachmänner, die anscheinend während des Beschusses hinter einem der Palasttore in

Deckung gegangen waren. Jetzt wagten sie sich einer nach dem anderen hervor. Aber sie blieben immer noch in einiger Entfernung stehen und sprachen aufgeregt in ihre Funkgeräte. Ganz offensichtlich trauten sie sich nicht, näher heranzukommen.

Tolles Wachpersonal!, dachte Matt. Rennt weg, wenn's gefährlich wird …

»Also, ich rufe jetzt die Polizei und einen Krankenwagen«, verkündete Ben entschieden. Diesmal wählte er wirklich die gespeicherten Notfallnummern und sprach im nächsten Moment auch schon aufgeregt in sein Handy.

»Und was ist mit den Männern?«, fragte Olivier. »Irgendwie kann ich diese Wachleute schon verstehen … Ich hab echt keine Lust, mich von so einem Ding abballern zu lassen.«

»Ja, die sind gefährlich«, gab Matt zu. »Aber wir können sie doch nicht einfach entkommen lassen! Und … äh … es steht schließlich vier gegen drei. Vielleicht können wir sie hier so lange festhalten, bis die Polizei kommt.«

Ben wirkte immer noch nicht überzeugt, aber Catarina sprang auf: »Gute Idee«, rief sie Matt zu. »Los, hinterher!«

»Du bleibst am besten hier bei deinem Großvater, Li-Lian«, schlug Matt vor.

Li-Lian nickte, ohne den Blick von Chang zu wenden. »Hab keine Angst, Großvater.« Sie streichelte dem bewusstlosen Chang übers Haar. »Der Krankenwagen wird bald hier sein.«

Die Tangshan Tiger warfen einen letzten besorgten Blick auf ihren Lehrer, dann rannten sie los: zuerst die Brücke entlang. An deren Ende bogen sie auf den Pfad ab, der am Seeufer entlangführte. Alle vier waren ziemlich gute Läufer – vor allem Catarina und Olivier, die das Tempo vorgaben. So verringerte sich der Abstand zu den drei schwarz gekleideten Gestalten merklich. Aber da sah Matt auf einmal ein schmales, langes Boot: Es war an einem kleinen Steg festgemacht, und die Männer spurteten jetzt darauf zu. Einer von ihnen brüllte einen Befehl, woraufhin die anderen sofort ins Boot hineinsprangen. Der dritte stand noch auf dem Steg und löste das Tau.

Die Tangshan Tiger waren noch zwanzig Meter entfernt.

Der Motor des Bootes heulte wütend auf.

… noch zehn Meter.

Der Mann auf dem Steg hatte den Knoten gelöst.

… noch fünf Meter.

Das Boot legte vom Steg ab, wobei das Kielwasser cremeweiß aufsprudelte.

»Mist, Mist, Mist! Dieser See ist riesig!«, brüllte Olivier völlig außer sich. »So entkommen sie uns!«

»Noch sind sie nicht gestartet!«, rief Matt zurück.

Er spurtete den Steg hinunter und setzte zu einem weiten Sprung an. Im nächsten Moment landete er mit beiden Beinen gleichzeitig in der Mitte des Bootes – und brachte dieses damit gefährlich ins Schwanken. Die Männer an Bord hielten sich am Rand fest und riefen sich erschrocken etwas zu, während sie versuchten, das Boot auszubalancieren: Denn nun sprangen auch die anderen Tiger aufs Boot und brachten das Boot noch mehr ins Schlingern.

Doch die Männer fassten sich schnell wieder.

Ja, sie schienen angesichts der überraschenden Lage sogar zu triumphieren!, dachte Matt beunruhigt. Dass diese dunklen Gestalten auf einmal erfreut wirkten, machte sie bloß noch unheimlicher.

»Wie schön, dass ihr auf einen Besuch vorbeigekommen seid«, meinte einer von ihnen, ein Riese von einem Kerl mit einer Narbe an der Wange.

Zu seinem Entsetzen sah Matt, wie sich auf einmal eine kleine hölzerne Falltür öffnete und zwei weitere Männer nach oben aufs Deck kletterten. Zu spät begriff er, in was für eine gefährliche Situation er sich und seine Freunde gebracht hatte: Inzwischen standen sie nämlich *fünf* Männern gegenüber – vier davon junge, starke Chinesen! Der fünfte schien älter und etwas untersetzter zu sein, und er trug eine schwarze Maske aus Samt.

Ohne ein Wort zu sagen, umringten die Männer langsam die Tangshan Tiger. Nur das Heulen des Windes und das Prasseln der Regentropfen auf der weiten Wasserfläche waren zu hören. Mit zunehmendem Wind wurden auch die Wellen stärker.

»Was sollen wir mit ihnen machen?«, fragte schließlich der Mann mit der Narbe.

»Lassen wir ihnen doch dieselbe Behandlung zuteilwerden wie den beiden Trainern!«, meinte ein anderer. Er wirkte sehr sportlich mit seinen auffallend breiten Schultern und trug ein kleines Ziegenbärtchen.

Der Mann mit der Samtmaske nickte. »Gute Idee«, meinte er genüsslich. »Sie sind jung und schwächer als Erwachsene. Das könnte ein interessantes Experiment werden.«

Irgendetwas an seiner Stimme kam Matt bekannt vor. Er war sich ganz sicher, sie zuvor schon einmal gehört zu haben. Aber wo?

Wieder zuckte ein Blitz über den Himmel, gefolgt von grollendem Donner. Windböen klatschten eiskalte Regentropfen gegen ihre Gesichter.

»Mit wem sollen wir anfangen, Boss?«, wollte der Mann wissen, der den Elektroschocker in der Hand hielt.

»Warten Sie«, unterbrach Matt den Wortwechsel. Er musste die Männer in irgendein Gespräch verwickeln! Vielleicht hatten er und seine Freunde dann eine Chance, sich einen Ausweg aus diesem Schlamassel zu überlegen. »Ich verstehe das nicht ganz. Was haben wir Ihnen denn getan?«

»Ach, das wisst ihr gar nicht? Dann will ich eurem Gedächtnis mal auf die Sprünge helfen.«

Langsam zog der Mann die Maske vom Gesicht.

Die Tangshan Tiger schnappten erschrocken nach Luft: Vor ihnen stand Changs Todfeind …

»… Sang!«, krächzte Matt und starrte in das kantige Antlitz mit den kalten Augen und dem grausamen Zug um den Mund – er hatte gehofft, dieses Gesicht nie wieder sehen zu müssen! Es gehörte dem Mann, der Chang Sifu so inbrünstig hasste, weil dieser einst seine geldgierigen Pläne vereitelt hatte.

Sang nickte und sah nun beinahe zufrieden aus. »Ja, ich

bin es in der Tat. Letztes Mal habt ihr meine Pläne durchkreuzt. Dieses Mal seid ihr mir ausgeliefert.«

»Aber Sie haben doch nichts davon, wenn Sie jetzt uns etwas antun?!«, rief Olivier.

»Da täuscht ihr euch aber gewaltig«, erwiderte Sang mit einem eisigen Lächeln. »Ich kann zumindest meine Rache genießen, nicht wahr?«

Olivier starrte ihn sprachlos an, und so schaltete sich Matt schnell wieder ein: »Dann haben *Sie* also Ryan dafür bezahlt, gegen Chang zu kämpfen?«, fragte er. »Warum?«

»Ich wollte Chang am Boden sehen – gedemütigt. Und er sollte sich bewusst sein, dass ich dafür verantwortlich bin. Aber Ryan war nicht gut genug! Egal. Ich bin noch nicht fertig mit Chang. Gut, dass ihr jetzt hier seid! Durch euch kann ich ihm ganz gewaltig wehtun. Und er kennt mich. Er wird genau wissen, dass meine Rache damit nicht endet!«

Inzwischen war der Wind noch stärker geworden, und das Boot schaukelte nun heftig hin und her. Nachdem er sie alle in diese Situation gebracht hatte, fand Matt, dass es irgendwie auch seine Aufgabe war, sie da wieder herauszuführen. Und während das Boot immer heftiger hin und her schlingerte, nahm in seinem Kopf langsam ein Plan Form an.

»Denkt immer daran …«, sagte Matt mit bedeutungsvoller Miene zu den Tigern, »… *Balance ist der Schlüssel zu allem.* Verstanden?«

Seine Freunde sahen ihn einen Moment verblüfft an. Doch dann dämmerte ihnen wohl, was er vorhatte, und es ging ein Leuchten über ihre Gesichter.

»Alles klar«, erwiderte Catarina leise. »Hab verstanden.«

»Genug Gerede!«, befahl Sang. »Schreiten wir zur Tat. Ich würde sagen, Damen haben den Vortritt!«

Er deutete auf Catarina und bellte etwas auf Mandarin. Sofort richtete der Mann mit dem Elektroschocker die Waffe auf Catarina. Das Boot schaukelte jedoch so heftig, dass er den Zielarm nicht ruhig halten konnte.

»Jetzt!«, rief Matt.

Er machte einen Schritt nach vorn, holte zu einem hohen Kick aus – und schon flog der Elektroschocker aus der Hand des Chinesen. Fluchend stolperte der Mann zurück und beugte sich dann hinunter, um nach der Waffe zu tasten.

Diesen Moment der Verwirrung nutzten die Tangshan Tiger und setzten zum Angriff an.

Jeder von ihnen nahm sich einen bestimmten Gegner vor: Catarina stürzte sich auf den Mann mit der Narbe. Er versuchte, sie zu packen, doch sie wich ihm geschickt aus. Dann griff sie nach seiner Hand, wirbelte ihn herum, und da er noch damit beschäftigt war, nach Halt zu suchen, reichte ein einfacher Stoß, um ihn über die Bordkante zu befördern.

»Viel Spaß beim Schwimmen!«, rief sie und winkte ihm fröhlich hinterher.

Der Mann mit dem Ziegenbärtchen hatte derweil Ben an den Schultern gepackt. Doch auch ihm fiel es merklich schwer, das Gleichgewicht zu halten. Ben hatte mit dem Angriff gerechnet und drehte sich bereits so gegen den Körper des anderen, dass er nur noch dessen Arm in einem Judogriff packen musste, um ihn mit Schwung über den Rücken rollen zu lassen. Der Mann flog in hohem Bogen durch die Luft und landete mit einem lauten Platsch im Wasser.

Auch Olivier ging direkt zum Angriff über. Sein Gegner boxte wie wild um sich, während er versuchte, die Wellenbewegungen des Bootes auszugleichen. Olivier hingegen konzentrierte sich ganz auf seinen inneren Schwerpunkt, und so gelang es ihm, durch wenige Körperdrehungen den Schlägen auszuweichen. Im nächsten Augenblick packte er blitzschnell das Handgelenk des Mannes und verdrehte es.

Der andere heulte vor Schmerz auf. Olivier zwang ihn jedoch, seinen Arm in Richtung Bootsrand zu bewegen, und der Mann hatte keine Wahl: Wenn er nicht wollte, dass etwas in seinem Handgelenk riss, musste er sich mitbewegen und sich schließlich direkt über den Rand des Bootes zu beugen. Mit einer letzten kleinen Armdrehung beförderte Olivier ihn ins Wasser.

Matts Gegner hatte inzwischen den Elektroschocker wiedergefunden. Doch als er versuchte, ihn hochzuheben, überraschte Matt ihn mit einem unerwarteten Rückwärts-Kick, und die Waffe wurde erneut in die Luft geschleudert.

Mit einem wütenden Zischen stürzte sich der Mann auf Matt.

Der erwartete ihn in aufrechter Haltung. Er konzentrierte sich ganz auf den Bereich direkt vor ihm, wo sein Gegner sich befand. Trotz des schaukelnden Bootes bereitete es Matt keine Schwierigkeiten, die Balance zu halten, da er den Großteil seines Gewichts auf das hintere Bein verlagerte. Changs Training hatte sich gelohnt!

Nun holte der Mann zu einem Faustschlag aus, den Matt jedoch mit beiden Armen abblockte, indem er sein ganzes Körpergewicht dagegenlegte. Die Wucht der Abwehr ließ den Mann nach hinten taumeln, und sofort ging Matt zum Gegenangriff über: Ein harter Handkantenschlag traf den Gegner so fest in den Bauch, dass er vornüberklappte. Matt setzte mit einem hohen, geraden Tritt gegen den Kiefer nach und beförderte den Mann damit über Bord: zu seinen Kumpanen ins eisige Wasser.

»Hoch leben die Tiger!«, rief Catarina.

Alle ihre Gegner waren nun vom Boot verschwunden – bis auf Sang. Während die anderen kämpften, hatte er sich an ein Ende des Bootes zurückgezogen. Seine Miene war grimmig. Dennoch machte Sang keine Anstalten, die Tangshan Tiger anzugreifen.

Seine Männer hielten sich unterdessen nur mühsam über Wasser. Immer wieder versuchte einer von ihnen, sich am Rand des Bootes festzuklammern: Doch die Wellen schleuderten sie zur Seite, und sie fanden keinen rechten Halt. So platschten sie wieder zurück in den See, wo ihre Köpfe zeitweise sogar in den Fluten verschwanden. Kurz darauf tauchten sie einige Meter neben dem Boot wieder auf und ruderten voller Panik mit den Armen.

Entsetzt begriff Matt, dass die vier nicht richtig schwimmen konnten.

»Sie ertrinken!«, sagte Sang und sah dabei Matt direkt an.

»Wir müssen sie da rausholen«, rief Matt den anderen Tigern zu. »Sonst –«

»Aber die haben versucht, uns mit Elektroschocks zu betäuben!«, widersprach Catarina empört.

»Trotzdem können wir sie doch nicht einfach ertrinken lassen.«

»Nein, das wäre wirklich zu heftig.« Olivier stellte sich neben Matt und sah ihn fragend an.

»Ich traue weder ihm noch seinen Männern über den Weg«, sagte Matt und hielt den Blick auf Sang gerichtet. »Aber wir können ja schließlich nicht seelenruhig zusehen, wie Menschen sterben. Und vielleicht ist das Risiko nicht so groß … ich meine, sie sind völlig auf unsere Hilfe angewiesen!«

Sang lächelte scheinheilig: »Ich werde mich nicht von der Stelle rühren«, versprach er.

Matt sah ihn misstrauisch an. Er traute dem Kerl nicht, doch seinen Kumpanen mussten sie trotzdem helfen. »Am besten holt ihr drei seine Kumpel aus dem Wasser«, sagte er daher zu Catarina und den Jungs. »Aber ich bleibe lieber hier bei Sang.«

»Na, dann mal los«, seufzte Ben.

Die Männer waren inzwischen zu weit vom Boot entfernt,

um sie von Bord aus packen zu können. Also würden die Tiger selber ins Wasser springen müssen, um sie zu retten. Rasch zogen sie die Schuhe aus.

»Wir holen euch raus!«, brüllte Catarina ihnen zu. »Aber wehe, ihr macht Ärger! Dann werdet ihr's bereuen!«

Sie sprang, ohne zu zögern, ins Wasser, direkt gefolgt von den beiden Jungs. Matt blickten ihnen einen Moment hinterher. Er sah noch, wie Catarina den ersten der Männer erreichte – da tippte ihm auf einmal jemand auf die Schulter.

Matt drehte sich schnell um: Direkt hinter ihm stand Sang. Er grinste und entblößte dabei sein schlechtes Gebiss mit den schiefen, gelben Zähnen.

»Ich habe gelogen«, meinte er schulterzuckend. Dann holte er zu einem seitlichen Karateschlag gegen Matts Hals aus.

Sang war schnell.

Aber Matts Reaktionsvermögen war noch besser.

Instinktiv drehte er den Körper – und spürte, wie der Schlag über seinen Kopf hinwegfegte. Leider hatte Sang so viel Schwung, dass es ihn jetzt selbst nach vorne warf, direkt in Matt hinein.

Dieser packte Sang sofort um seine runde Taille. Wenn er ihn doch bloß auf den Boden werfen könnte … Aber Sang war einfach zu groß, zu schwer, zu stark. Er ließ sich nicht bewegen. Stattdessen boxte er Matt so heftig in die Seite, dass dieser vor Schmerz aufheulte.

Matt wusste genau, dass er nicht mehr viele solcher Hiebe würde aushalten können. Gleichzeitig spürte er, wie sich Sangs Haltung ein wenig veränderte – um zu diesem letzten Faustschlag auszuholen, hatte er sein Gewicht verlagern müssen. Also drückte Matt fest dagegen, und Sang wich nun sogar ein Stück zurück, da er seinen festen Stand verloren hatte. Rasch hakte Matt seinen Fuß hinter Sangs Bein ein, genau wie es Chang zuvor bei Ryan getan hatte. Gleichzeitig schob er sein ganzes Gewicht nach vorn.

Sang stieß ein wütendes Bellen aus, als er merkte, wie er zu Fall gebracht wurde. Verzweifelt klammerte er sich an Matt fest und versuchte, diesen mit zu Boden zu reißen, aber Matt entwand sich geschickt seinem Griff.

Sang knallte aufs Deck.

Sofort stellte Matt seinen Fuß auf den Hals des Mannes.

»Wenn Sie sich bewegen«, sagte er drohend, »dann breche ich Ihnen das Genick!«

»Das würdest du doch nicht wagen!«, stieß Sang zwischen zusammengebissenen Zähnen hervor.

»Ach nein?« Matt sprach ganz leise. »Wollen wir es drauf anlegen?«

Sang lag jetzt ganz still da. Natürlich wäre Matt niemals in der Lage, jemandem eiskalt das Genick zu brechen. Aber das musste Sang ja nicht wissen.

Inzwischen kletterten auch die anderen Tangshan Tiger wieder an Bord und zerrten die erschöpften Männer zurück ins Boot: Deren Kampfeslust war im kalten Wasser komplett verschwunden, und so kauerten sich die Männer zitternd und mit klappernden Zähnen auf die Holzsitze. Da Matt und seine Freunde jedoch keine weiteren Risiken eingehen wollten, banden sie die vier mit einem Seil zusammen, das Catarina im Boot gefunden hatte, und zurrten die Knoten extra fest.

Die Tangshan Tiger waren bester Laune.

»Hey, du hast Sang zur Strecke gebracht!«, stellte Ben anerkennend fest. »Hut ab, Mann!«

Matt grinste: »Na ja, irgendjemand musste sich ja um ihn kümmern ...«

»Und was jetzt?«, wollte Catarina wissen. »Hat irgendeiner von euch eine Ahnung, wie man diesen Kahn hier steuert?«

»Meine Wenigkeit«, erwiderte Olivier. »Ich war mit meinem Vater schon oft segeln.«

Er übernahm das Steuer und lenkte das Boot zurück, in Richtung Ufer.

»Seht nur«, rief Catarina und deutete nach vorne. »Die Polizei ist inzwischen auch da.«

Matt konnte einige Polizeibeamte erkennen, die bereits am Steg auf sie warteten. Li-Lian hatte sie bestimmt hierher geschickt.

»Guten Tag, die Herren«, begrüßte Olivier sie aufs Charmanteste, während er die Spitze des Bootes am Steg entlangbugsierte. »Wären Sie wohl so freundlich, uns behilflich zu sein? Wir haben hier ein paar Männer, derer Sie sich annehmen sollten – sie haben nämlich versucht, uns mit einer Elektroschockpistole zu erschießen. Sehen Sie, die Waffe liegt hier im Boot.«

»Wir haben alles gesehen«, erwiderte einer der Beamten, ein großer Mann mit Schirmkappe. »Keine Sorge, wir werden uns jetzt darum kümmern.«

Dann sagte er etwas auf Mandarin zu den schwarz gekleideten Ganoven. Mürrisch kletterten sie an Land.

Nun nahm auch Matt seinen Fuß von Sangs Hals und trat einen Schritt zurück. Mit steifen Gliedern rappelte Sang sich auf. Bevor er das Boot verließ, drehte er sich noch einmal um und warf Matt einen solch hasserfüllten Blick zu, dass es diesem kalt den Rücken hinunterlief.

»Ich vergesse niemals etwas«, sagte Sang.

Matt gab sich größte Mühe, unbeeindruckt zu wirken, und starrte Sang nur schweigend an. Schließlich kletterten er und die anderen Tiger ebenfalls auf den Steg.

»He, wo sind Chang und Ryan?«, wollte Catarina plötzlich wissen. »Da ist niemand mehr auf der Brücke!«

»Sie sind in Sicherheit«, beruhigte sie der befehlshabende Polizist. »Man hat sie ins *Kunming Bezirkskrankenhaus* gebracht. Das ist ganz in der Nähe.«

»Wäre es denn in Ordnung, wenn wir gleich verschwinden?«, fragte Matt. »Meine Freunde würden sich gern umziehen, und dann wollen wir so schnell wie möglich ins Krankenhaus gehen. Falls Sie uns später noch als Zeugen verhören wollen, können Sie uns ganz leicht finden: Wir sind Schüler der Internationalen Akademie Peking.«

»Ich weiß«, erwiderte der Beamte. »Chang Sifu hat uns das bereits gesagt.«

An der Art, wie er Changs Namen aussprach, war deutlich zu hören, dass er Chang kannte und großen Respekt vor ihm hatte.

»Also, geht mal ruhig heim!«, fügte er freundlich hinzu. »Deine Freunde sind ja klitschnass! Ihr solltet euch wirklich schnellstens umziehen!«

Catarina und die beiden Jungs nickten dankbar.

Unterdessen packten zwei Polizisten Sang links und rechts am Arm und führten ihn in Richtung des Palastes ab. Auch seine triefnassen Gehilfen wurden weggebracht.

Matt spürte eine Welle der Erleichterung in sich aufsteigen, als Sang endlich verschwunden war – hoffentlich würde er diesem Mann nie wieder begegnen! Aber Sang war jetzt nicht mehr wirklich wichtig. Was zählte, war, dass Chang Sifu in Sicherheit war.

»Los, kommt!«, drängte Matt seine Freunde. »Lasst uns nachsehen, wie es Chang geht.«

Nachspiel

Chang Sifu lag in einem Einzelzimmer im *Kunming Bezirkskrankenhaus*. Eine Krankenschwester führte die Tangshan Tiger dorthin und klopfte sanft an die Tür.

»Herein«, ertönte Changs Stimme von drinnen.

Die drei Tangshan Tiger traten ein und sahen sich erleichtert an: Chang saß nicht nur aufrecht im Bett, sondern wirkte auch wach und munter. Er trug einen grünen Krankenhauskittel und einen Verband über dem rechten Auge. Auf dem Nachttisch stand eine Schale mit einer einzelnen Lotusblüte.

Li-Lian saß neben ihm und hielt seine Hand.

Ein wenig verlegen versammelten sich die vier Freunde neben dem Bett und begrüßten Chang respektvoll.

»Wie geht es Ihnen?«, fragte Matt. »Von einem solchen Stromschlag getroffen zu werden – das hat doch bestimmt furchtbar wehgetan, oder?!«

»Ich bin etwas geschwächt, ja. Und auch der Kampf hat seine Spuren hinterlassen. Aber diese Dinge werden wieder vergehen.« Er lächelte. »Alles ist vergänglich. Das hat auch schon der große Laotse gewusst.«

»Ich habe dir doch gesagt, dass das alles zu gefährlich werden könnte«, schimpfte Li-Lian mit gespielter Verärgerung. Aber sie sah ihren Großvater dabei liebevoll an.

»Wie geht es denn Ihrem Auge?«, erkundigte sich Catarina ängstlich.

»Nur ein Kratzer. Es wird verheilen.«

»Wir sind wirklich froh, dass es Ihnen gut geht, Sifu«, sagte Matt. Er zögerte kurz und fragte dann vorsichtig: »Sie haben geahnt, dass Sang es auf Sie abgesehen hat, nicht wahr? Sind Sie deswegen in diese Hütte gezogen?«

Chang nickte. »Ja. Ich wollte meine Familie nicht in die ganze Geschichte hineinziehen ...« Wieder lächelte er Li-Lian zu. »Sie hat es natürlich trotzdem herausgefunden – ebenso wie ihr.«

Matt zuckte verlegen die Achseln. »Sie haben vermutlich auch schon gehört, dass Sang jetzt verhaftet wurde, oder?«

Chang sah Matt durchdringend an. »Gehe ich recht in der Annahme, dass die Tangshan Tiger etwas mit diesem Ausgang der Geschichte zu tun haben?«

»Ähm, ja, also wir waren in gewisser Weise schon darin verwickelt …«

»Das habt ihr gut gemacht. Heute seid ihr einem äußerst gefährlichen Gegner gegenübergetreten. Das war ein großes Risiko, und genau das wollte ich vermeiden. Aber wie immer kann ich nur stolz auf die Tangshan Tiger sein! Und Sang sollte uns erst einmal keine weiteren Probleme bereiten. Er wird für lange Zeit ins Gefängnis wandern.«

Das hoffte Matt allerdings auch. Sangs Drohung spukte ihm immer noch im Kopf herum: *Ich vergesse niemals etwas.*

Da klopfte es erneut. Matt drehte sich um und verharrte vor Verwunderung mitten in der Bewegung: Sensei Ryan hatte das Zimmer betreten! Unwillkürlich ballte Matt die Fäuste und schob sich zwischen Chang und Ryan. Auch die anderen Tiger starrten Ryan feindselig an.

«Was will denn *der* hier?«, zischte Catarina.

Doch Ryan schien nicht auf Ärger aus zu sein. Seine Bewegungen waren steif, und er hatte den Blick demütig und schuldbewusst zu Boden gesenkt.

Chang gab seinen Schülern ein Zeichen, zur Seite zu treten.

»Sifu«, begann Ryan. »Ich bin gekommen, um mich zu entschuldigen.«

Er verbeugte sich ungelenk: Seine Hände lagen auf dem Rücken und steckten in Handschellen.

»Hat man Sie festgenommen?«, wollte nun auch Chang wissen.

»Ja. Die Polizei hat herausgefunden, dass ich Sie herausgefordert und dafür Geld bekommen habe. Aber ich möchte, dass Sie eines wissen: Das alles habe ich nicht wirklich fürs Geld getan. Ich musste einfach wissen, wer der Bessere ist!«

Chang sah ihn ernst an und nickte dann langsam. »Ich verstehe.«

»Es ging mir um die Ehre, sagen zu können: Ich habe gegen den größten lebenden Meister gekämpft. Es tut mir leid, dass ich die Bezahlung angenommen habe – obwohl ich keinerlei Streit mit Ihnen hatte. Und trotzdem bin ich stolz, sagen zu können: Wir zwei haben gegeneinander gekämpft. Ich habe verloren, und doch ist es eine Ehre, gegen einen solchen Meister zu verlieren.«

Wieder verbeugte er sich.

Überrascht sah Matt, wie Chang sich jetzt mühsam aus dem Bett erhob, wobei Li-Lian ihn am Arm stützen musste. Er stellte sich Ryan gegenüber, und dann verbeugte sich auch er.

»Mir war es ebenfalls eine Ehre, gegen Sie zu kämpfen«,

sagte er. »Sie besitzen großen Kampfgeist und außerordentliches Können. Eines Tages werden Sie lernen, beides besser einzusetzen.«

»Ich danke Ihnen.« Ryans Stimme war kaum lauter als ein Flüstern.

Ein uniformierter Beamter, der sich bisher diskret zurückgehalten hatte, trat nun ins Zimmer und legte Ryan die Hand auf den Arm. Ryan folgte ihm hinaus auf den Gang.

»Wir sollten ebenfalls gehen«, sagte Li-Lian. »Damit du dich ein bisschen ausruhen kannst.«

Chang ließ sich wieder in die Kissen sinken. »Li-Lian, bleib ruhig noch ein Weilchen. Und ihr«, er wandte sich an die Tangshan Tiger. »Vielen Dank für alles, was ihr getan habt. Ich weiß es wirklich sehr zu schätzen. Doch nun solltet ihr an die Akademie zurückkehren!«

»Ja, uns bleibt wohl nichts anderes übrig«, erwiderte Matt und runzelte besorgt die Stirn. »Ich fürchte, wir haben uns eine ganze Menge Ärger eingehandelt!«

Er sollte recht behalten: Kaum betraten die Tangshan Tiger wenig später die Akademie, stürzten sich auch schon zwei Sicherheitsmänner auf sie.

»Da seid ihr also! Mr Wu will euch in seinem Büro sehen. Und zwar sofort!«

»Na gut, bringen wir's hinter uns!«, sagte Matt ergeben, und so liefen sie eilig zum Büro ihres Schulleiters.

Mr Wu saß hinter seinem riesigen, auf Hochglanz polierten Schreibtisch und betrachtete sie streng durch seine blitzende Brille.

»Stellt euch dort auf den Teppich – in einer Reihe. Hände auf den Rücken!«, rief er erbost. »Ihr vier habt euch ohne Erlaubnis vom Schulgelände entfernt, ihr habt gleich mehrere Regeln an einem Tag gebrochen, *und* ihr habt Lügengeschichten über ein nicht existierendes schulübergreifendes Projekt erzählt! Was habt ihr zu eurer Verteidigung vorzubringen?«

»Ja, äh, wegen dieses Projektes …«, meinte Olivier, »… da haben wir uns gedacht, dass das eigentlich eine ziemlich gute Idee wäre und dass die Akademie vielleicht in Zukunft –«

Mr Wu hieb mit der Faust auf den Tisch. »Nun werd nicht auch noch frech! Die Liste eurer Vergehen ist ohnehin lang genug! Was ihr getan habt, kann mit Schulausschluss bestraft werden! Ich muss alle Möglichkeiten abwägen – doch ich kann euch schon jetzt versichern, dass ihr bei einem solch unglaublichen Maß an Ungehorsam nicht einfach so davonkommen werdet! Was würden meine Schulleiter-Kollegen sagen, wenn sie erfahren, dass Schüler an meiner Akademie einfach Ferien machen, wann immer ihnen danach ist? Ohne meine Erlaubnis! Und ihr braucht mir nichts vorzumachen: Ich weiß, dass das nicht das erste Mal war!«

»Darf ich eine Frage stellen, Sir?«, erkundigte sich Matt mit leiser Stimme.

Mr Wu funkelte ihn böse an, während auf seinen Wangen rote Flecken auftauchten.

»Ich bin nicht hier, um eure Fragen zu beantworten –«, setzte er an.

Matt fuhr jedoch einfach fort: »Ich frage mich, was Ihre Schulleiter-Kollegen sagen werden, wenn sie von der ganzen Sache hören. Sie wissen schon: dass eine solch exzellente Schule nicht einmal einen Trainer für Kampfsport vorweisen kann? Ich meine, eines der Aushängeschilder dieser Akademie ist doch der Kampfsport ...«

»Was willst du damit sagen?«, entgegnete Mr Wu. »Wir haben Sensei Ryan, einen erstklassigen Lehrer –«

»Nein, leider nicht mehr.« Ben zog sein BlackBerry aus der Tasche und drückte schnell ein paar Tasten, um die neusten

Schlagzeilen aus dem Internet aufzurufen. »Hier, sehen Sie, Sir, da steht, dass Ryan verhaftet wurde –«

»Wie bitte?« Mr Wu schnappte Ben das BlackBerry aus der Hand. »›Kampfsportlehrer verhaftet‹«, las er laut und riss vor Verwunderung die Augen auf. »›Beteiligung an einer Rache-Aktion … Vorgänger zusammengeschlagen?‹«

Mr Wu wurde kreidebleich. Wortlos reichte er Ben sein BlackBerry zurück. Dann wandte er ihnen den Rücken zu, ging hinüber zum Fenster und sah schweigend hinaus.

»Matt hat irgendwie recht. Das sieht wirklich nicht gut aus, wenn wir keinen Kampfsport-Trainer haben«, nahm nun Catarina den Faden auf. »Sollte Chang seinen Posten nicht zurückbekommen, könnte das sogar so aussehen, als sei die Schule auf Ryans Seite … wenn Sie wissen, was ich meine.«

Mr Wu schwieg einen Moment lang. Dann räusperte er sich und drehte sich zu den Tangshan Tigern um.

»Natürlich. Und es ist ja wohl selbstverständlich, dass ich Meister Chang nur zu gern wieder aufnehme, nach seiner, äh …«, er hüstelte, »… nach seinem Urlaub. Ich dachte, das müsste nicht extra erwähnt werden.«

Matt war klar, dass Mr Wu jetzt alles tun würde, um den Skandal so gering wie möglich zu halten. Also wagte er noch einen Vorstoß: »Vielleicht könnte … Also sein Gehalt ist ja wohl auch nicht …?«

»Ja, ja«, antwortete Mr Wu sofort. »Das wird selbstverständlich erhöht. Verdoppelt.«

»Und wegen des übergreifenden Schulprojektes«, ließ sich Olivier nun wieder vernehmen. »Den Schulen hier am Ort unter die Arme zu greifen, das wäre –«

»Ich werde es mir durch den Kopf gehen lassen. Und, ähm …« Mr Wu räusperte sich wieder. »Also unter den gegebenen Umständen … Da ihr mich auf diese Situation hingewiesen habt, werden wir keine Worte mehr über Bestrafung verlieren. Ihr könnt gehen!«

Draußen auf dem Flur schlug Catarina vor Freude ein Rad.

»Mission erfüllt!«, grinste Ben.

Die Tangshan Tiger klatschten sich lachend ab.

»Wartet mal kurz!«, meinte Ben dann. »Ich hole nur schnell was.«

Er eilte davon und kam wenige Minuten später mit dem Elektrohund zurück.

»Wozu brauchen wir den denn noch?«, fragte Matt und sah seinen Freund verdutzt an.

Anstelle einer Antwort führte Ben sie zu einem der Umkleideräume ganz in der Nähe, wo einige Trainings-Shirts an den Haken hingen. Ben suchte ein ganz bestimmtes Shirt heraus und ließ den Elektrohund daran schnüffeln.

Catarina sah ihm verwundert zu. »Ben, was machst du denn da?«

»Wir werden jetzt Carl suchen! Meint ihr nicht, dass er sich *total* freuen wird? Ich meine: Ryan ist weg vom Fenster, Chang Sifu kommt zurück ...«

»Hm. Der wird platzen vor Freude«, lachte Matt. »Darauf kannst du wetten!«

Der Elektrohund gab auf einmal ein Summen von sich, und seine Augen leuchteten rot auf. Ben setzte ihn auf den Boden, und sofort düste der kleine Roboter los, die Nase dicht am Boden.

Die Tangshan Tiger folgten ihm lachend und johlend.

An der nächsten Ecke stießen sie fast mit Andrei Drago zusammen, der sie überrascht anstarrte.

»Hey, was ist denn hier los? Worüber freut ihr euch denn so?«

»Ach, über gar nichts!«, antwortete Matt grinsend. »Ich meine natürlich, über alles! Wir sind nur sehr, sehr zufrieden, wie sich die Dinge so entwickelt haben. Wir freuen uns, dass du mit im Team bist, Kumpel! Jeder verdient eine zweite Chance.« Er schlug Andrei auf die Schulter und rannte seinen Freunden hinterher.

Komisch, dachte er. Andrei und sein Vater schienen auf einmal gar nicht mehr wichtig zu sein. Okay, der alte Drago hatte ein paar Beziehungen spielen lassen, um seinen Sohn hier an die Schule zu bekommen. Und möglicherweise hatte er einige ziemlich linke Tricks drauf und auf diese Weise durchgesetzt, dass Andrei ins Kampfsportteam aufgenommen wurde. Aber trotzdem: Verglichen mit Sang und seiner Gang waren die Dragos nette, harmlose Zeitgenossen!

»Jetzt müssen wir dich nur noch zurück ins Team kriegen«, rief Catarina auf einmal.

»Meinst du, ich habe ein Chance?«

»Aber sicher doch!«, erwiderte Catarina.

»Gar keine Frage«, meinten auch die anderen und nickten eifrig. »Matt, wirklich. Wir haben nicht den allerleisesten Zweifel!«

Okay …, dachte Matt. So gesehen sahen die Dinge wirklich gut aus. Und sie konnten doch eigentlich nur noch besser werden!

Tangshan Tigers

Olivier Girard

Alter: 12

Nationalität: Schweizer

Sport: Kung-Fu

Besondere Fähigkeiten: Er spricht drei Sprachen.

Stärken: Olivier weiß, wie man sich aus jeder noch so brenzligen Situation geschickt herausredet – vielleicht hat er sich das ja von seinem Vater abgeschaut, einem Schweizer Diplomaten. Dank seiner positiven Einstellung und seines umwerfenden Charmes können sich seine Freunde bei Undercover-Aktionen immer auf ihn verlassen.

Schwächen: Manchmal redet er sich um Kopf und Kragen!